Hemmungslos

Sebastian H. Tofall

Hemmungslos

Sebastian H. Tofall

Bibliografische Information der Deutschen Nationalbibliothek:
Die Deutsche Nationalbibliothek verzeichnet diese Publikation
in der Deutschen Nationalbibliografie; detaillierte bibliografische Daten sind im Internet über http://www.dnb.dnb.de ab-
rufbar.

Text: © Sebastian H. Tofall, 2023
Cover: © Sebastian H. Tofall und Markus Waldhoff, 2023
Schrift: © by Rosetta Type Foundry s. r. o.
1. Auflage 2023
Herstellung und Verlag:
BoD – Books on Demand, Norderstedt

ISBN: 978-3-750-40253-9

Für alle, die auch einen Knall haben.
Oder ein rotes Gummiboot.

Guten Flug

»Komm, wir müssen los«, rief Philipp vom Treppenhaus durch die geöffnete Wohnungstür. Etwa ein dreiviertel Jahr war vergangen, seitdem er auf Mallorca den Wettbewerb verloren hatte. Er und seine beiden Freunde Andreas und Thomas waren damals gemeinsam auf die Ferieninsel geflogen, um ihr frisch bestandenes Abitur zu feiern. Dabei hatten sie sich gegenseitig Aufgaben im Stil eines Mutprobenwettbewerbs gestellt. Der Verlierer, so hatten sie es vorher ausgemacht, sollte die gesamten Reisekosten für alle drei tragen. Ganz schön viel Geld für einen frisch gebackenen Abiturienten ohne eigenes Einkommen. Aber sie hatten schon damals auf dem Rückflug, nachdem der Verlierer feststand, ausgemacht, dass jeder seine Kosten zunächst selbst tragen würde und Philipp das Geld eines Tages, wenn er ein geregeltes Einkommen hatte, immer noch zurückzahlen konnte. Natürlich hatten Andreas und Thomas seither keine sich bietende Gelegenheit ausgelassen, Philipp an seine Schulden zu erinnern.

»Jetzt hetz mich nicht«, antwortete die Stimme einer jungen Frau aus der Wohnung. Philipp drehte sich von der Tür weg und begann, seinen Koffer die Treppe herunter zu tragen. Denselben Koffer hatte er auch vor gut neun Monaten benutzt. Damals als die drei Jungs auf Mallorca die Nacht zum Tag gemacht hatten, als sie die sieben Mädchen trafen, die ebenfalls gerade erfolgreich die Schule abgeschlossen hatten und mit denen die Urlaubswoche wie im Flug verging, als Andreas eine Sexpuppe mit sich herumtragen und als seine feste Freundin ausgeben musste und als Philipp und Viktoria sich näher kamen.

Vieles hatte sich in der Zeit seit ihrer Rückkehr verändert. Die drei Jungs waren aus dem kleinen Dorf, in dem sie ihr gesamtes bisheriges Leben verbracht hatten, weggezogen. Andreas hatte es nur bis in die nächste Kreisstadt geschafft, wo er ein freiwilliges soziales Jahr als Altenpfleger machte. Eines Tages wollte er Medizin oder vielleicht Pharmazie studieren, da war das freiwillige soziale Jahr, wie er sagte, eine gute Vorbereitung.

Thomas war nach Hamburg gezogen, um bei einem großen Luftfahrtunternehmen eine Ausbildung zum Fluggerätmechaniker zu machen, und Philipp hatte es tatsächlich wie geplant nach Köln verschlagen, wo er nun Jura studierte. Er wohnte in einem Vorort der Millionenstadt in einer kleinen Mietwohnung gemeinsam mit seiner Freundin Viktoria. Ebenjenem Mädchen, das er im Urlaub kennen und lieben gelernt hatte, und das ebenfalls in Köln studierte. Allerdings nicht wie Philipp Jura, sondern Deutsch und Geschichte auf Lehramt. So kam es des Abends öfter vor, dass die beiden schweigend nebeneinander saßen und Fachbücher lasen. Er über Rechtsprechung, sie über Rechtschreibung.

Als Philipp mitsamt seines Gepäcks die Haustür erreichte, holte ihn auch Viktoria ein. Sie wirkte leicht genervt und klimperte mit dem Schlüsselbund in ihrer Hand.

»Du wolltest mich doch unbedingt zum Flughafen fahren«, sagte Philipp, während er seinen Koffer in Viktorias blassblauen Kleinwagen wuchtete und die Kofferraumklappe schloss, »ich wäre auch gut mit der Bahn angekommen.«

Rein optisch hatten sich die beiden nicht sehr stark verändert seitdem sie sich auf der Deutschen liebster Ferieninsel zum ersten Mal begegnet waren. Philipp war immer noch etwa einen Meter achtzig groß, hatte ein auffallend schmales Kinn und ebenso schmale Lippen, dazu braune Auge. Die Frisur aus gleichfalls braunen Haare hatte er nun etwas kürzer als damals noch. Er trug ein rotes Poloshirt, Jeans und hielt seine Sonnenbrille bereits griffbereit.

Viktoria schimpfte auf dem Fahrersitz über die anderen Autofahrer und die katastrophale Kölner Verkehrsführung. Sie hatte ein rundes Gesicht mit spitz zulaufendem Kinn, leichte Grübchen hinter den Mundwinkeln, die besonders hervortraten, wenn sie lachte, und eine kleine Stupsnase. Genau wie Philipp hatte sie braune Augen, die stets eine gewisse Freundlichkeit ausstrahlten, wenn Viktoria sich nicht gerade hinter dem Steuer eines Kleinwagens im Kölner Verkehrschaos befand. Das Einzige, was sich im letzten dreiviertel Jahr etwas verändert hatte, war ihre Frisur. Sie hatte die braunen Haare, die sie auf Mallorca noch schulterlang trug, wachsen lassen, sodass sie nun etwa bis zur Hälfte ihres Rückens reichten. Außerdem waren sie seit Neustem von leicht aufgehellten Strähnchen durchzogen.

»Wo soll ich dich denn raus lassen?«, fragte Viktoria, als sie von der Autobahn ab und auf den nicht minder stark frequentierten Flughafenzubringer auffuhren. Philipp grinste seine Freundin an: »Irgendwo vor dem Eingang stehen zwei besonders hässliche Kreaturen herum. Bei denen kannst du mich absetzen.«

Bei den zwei besonders hässlichen Kreaturen handelte es sich um Thomas und Andreas, die bereits vor dem Haupteingang auf Philipp, den dritten im Bunde, warteten. Sie saßen gelangweilt auf ihren Koffern und starrten Löcher in die noch wolkenverhangene, kühle Morgenluft. Andreas, ein groß gewachsener junger Mann mit etwas gröberen Gesichtszügen, markanter Nase, einem aber dennoch freundlichen Lächeln, das von seinem einen Ohr bis zum anderen reichte, und hellem Haupthaar, entdeckte den sich nähernden Wagen zuerst. Er hob knapp die Hand zum Gruß, dann stand er von seinem Koffer auf und zog diesen demonstrativ ein Stück in Richtung des Flughafeneingangs.

Auch Thomas erhob sich schwerfällig von seinem Koffer. Er war der kleinste der drei Freunde, auf dem Kopf eine Frisur aus kurzen dunklen Haaren, die mit einer unnötig großen Menge Gel gestylt waren. Dazu hatte er einem kleinen Bauchansatz und neuerdings auch einen leichtem Bartschatten. Seine grünen Augen leuchteten beim Anblick des Wagens diabolisch. Genau wie schon vor einem Jahr, als er es kaum erwarten konnte, seinen Freunden die erste unheilvolle Aufgabe des Mutprobenwettbewerbs zu stellen. Damals war Andreas sein erstes Opfer gewesen und wäre beinahe schon vor Reiseantritt verhaftet worden.

Kaum dass der Wagen gehalten hatte, sprang Philipp heraus, begrüßte seine Freunde kurz per Handschlag, dann öffnete er die hintere Tür des Autos, zog zwei Rucksäcke heraus und warf einen davon Thomas entgegen.

»Hier, halt den mal!«, rief er. Thomas' Augen weiteten sich. Sofort warf er den Rucksack wie eine heiße Kartoffel weiter zu Andreas. Dieser schmiss ihn genauso schnell zurück zu Philipp und sagte: »Vergesst es. Darauf falle ich nicht noch einmal herein.«

Mit einem breiten Grinsen schmiss Philipp den Rucksack zurück in den Wagen und setzte sich den anderen auf. Während er seinen Koffer holte, stieg auch Viktoria aus und umarmte Andreas und Thomas zur Begrüßung. Dann baute sie sich vor Philipp auf und sagte mit strengem Ton: »So, Freundchen, du hattest deinen großen Auftritt. Aber ihr spielt nicht ernsthaft wieder dieses bescheuerte Spiel.«

9

Dabei bohrte sich ihr ausgetreckter Zeigefinger bei jedem Wort tiefer in Philipps Brust und hinterließ einen Abdruck auf seinem Poloshirt.

Philipp schüttelte langsam den Kopf. Sein Blick ruhte dabei jedoch auf seinen beiden Freunden, die hinter Viktorias Rücken stumm, dafür jedoch sehr gestenreich andeuteten, dass Philipp in dieser Beziehung wohl nicht derjenige war, der die Hosen anhatte.

»Denk an die Schulden, die du noch vom letzten Mal hast«, mahnte Viktoria ernst.

»Schatz, ich liebe dich und du weißt, dass ich viel Wert auf deine Meinung lege«, entgegnete ihr Philipp, »aber manchmal muss ein Mann eben tun, was ein Mann tun muss.«

»Sehr richtig!«, bestätigte Thomas ungefragt.

Viktoria zog, unbeeindruckt von dem Zwischenruf, eine Braue hoch und stemmte ihre Hände in die Hüften. Philipp knickte unter ihrem Blick ein.

»Nein, wir spielen nicht. Das war total albern und kindisch und wir sind seit damals viel reifer und vernünftiger geworden«, versuchte er, seine Freundin zu beruhigen. Dann umarmte und küsste er sie zum Abschied, schnappte sich seinen Koffer und gemeinsam schritten die drei Jungs auf den Eingang des Flughafenterminals zu. Viktoria hatte die Fahrertür schon wieder geöffnet, da rief sie ihnen noch hinterher: »Und wehe, ihr stellt wieder irgendwelchen Unsinn an!«

»Keine Sorge, Vicky«, antwortete Thomas, »du erfährst alles aus der Tagesschau.«

Die Schiebetür schloss sich hinter den dreien und Thomas zog aus seiner Tasche ihre Flugtickets hervor. Er wedelte damit in der Luft herum und verkündete: »Hier sind die Tickets. Ihr wisst, was das bedeutet: Der Urlaub ist offiziell er-«

»Nee«, unterbrach ihn Andreas, »du hast doch gehört, was unser Pantoffelheld hier gesagt hat: Dieses Mal machen wir einen ganz gewöhnlichen Urlaub. Ohne Wettbewerb und ohne Spaß. Denn das wäre total albern und kindisch.«

»Und seit wann bestimmt das Pantoffeltierchen, was wir machen?«, fragte Thomas. Dann setzte er erneut an: »Ich erkläre unseren Urlaub hiermit offiziell für eröffnet. Aber keine Sorge, Andreas, ich stelle dir keine Aufgabe.«

»Glück gehabt«, sagte Philipp, »denn dieses Mal wäre deine Mami nicht hier, um dir aus der Patsche zu helfen.«

»Dann jetzt mal Spaß beiseite. Ich denke mal, wir sind uns einig, dass wir hier wieder einen kleinen Wettbewerb veranstalten?«, fragte Thomas.

Andreas nickte: »Mit denselben Regeln wie beim letzten Mal.«

»Keine Straftaten, kein Verbrüdern gegen einen, es wird niemandem von dem Wettbewerb erzählt und derjenige, der als Erstes eine Aufgabe nicht erfüllt, hat verloren und muss den Urlaub für uns alle bezahlen«, fasste Philipp die Spielregeln in aller Kürze zusammen. Die beiden anderen nickten.

Inzwischen hatten die Jungs die Schlange vor dem Check-in erreicht und sich mitsamt ihren Koffern dort eingereiht. Gedankenverloren fielen ihre Blicke auf einen Betonpfeiler ganz in der Nähe...

»Dann bleibt nur noch die Frage, wer von uns anfangen darf«, stellte Andreas fest.

»Und die Frage«, ergänzte Thomas, »wer wem die Aufgaben stellt. Ich schlage vor, wir ändern die Reihenfolge, damit es spannend bleibt. Also stelle ich Philipp die Aufgaben, er dir und du mir, falls wir so weit überhaupt kommen. Außerdem schlage ich vor, Philipp, unser Pantoffeltierchen, darf dieses Mal beginnen. Getreu dem Motto: Der Verlierer fängt an.«

Andreas und Philipp nickten. Philipp verzichtete jedoch vorerst darauf, seinen Freund mit aberwitzigen Aufgaben zu quälen. Stattdessen tauschten sie sich, während sie erst vor dem Check-in-Schalter, dann bei der Sicherheitskontrolle anstanden und warteten, darüber aus, was sie alles erlebt hatten, seitdem sie sich das letzte Mal gesehen hatten. Das war Weihnachten gewesen, als alle drei Freunde ihre Familien in der Heimat zur gleichen Zeit besucht hatten. Zwar telefonierten sie öfter miteinander, hielten Videokonferenzen ab oder schrieben sich Textnachrichten hin und wieder, aber in den knapp drei Monaten seit ihrem letzten Treffen war dennoch genug passiert, das sie sich nun erzählen konnten, um die Wartezeit zu verkürzen. Insbesondere Thomas hatte einiges über die praktische Ausbildung und die Arbeit mit und an großen Flugzeugen zu berichten. Erst als sich die drei an Gate 15, von wo aus ihre Maschine abfliegen sollte, auf einer Wartebank niederließen, schloss Thomas seine Ausführungen ab und ging dazu über, Philipp mit Fragen zu dessen Beziehung mit Viktoria zu löchern.

Dann wurde ihr Flug aufgerufen und um sie herum brach wildes Getümmel aus. Auch Thomas wollte aufstehen und sich zum Boarding anstellen, doch Philipp hielt ihn zurück: »Warte noch kurz. Es lohnt sich auch, versprochen.«

Philipp drehte sich zu Andreas um und verkündete: »Mein Lieber, es wird Zeit für deine erste Aufgabe. Du kennst doch bestimmt diese dramatischen Szenen aus diversen Liebesfilmen, wenn sie wegfliegt und er plötzlich erkennt, dass er sie liebt und auf keinen Fall gehen lassen kann. Also rennt er hinterher, erwischt in letzter Minute das Flugzeug und macht ihr kurz vor dem Abflug noch ein wortreiches Liebesgeständnis. Sie erkennt auch, dass sie ihn liebt und gemeinsam verlassen sie das Flugzeug.«

Andreas sah Philipp mit leicht schief gelegtem Kopf und sehr genervtem Blick an. Thomas sagte: »Dafür hast du dir ja mit unserem großen Romantiker genau den richtigen ausgesucht.«

»Finde ich auch«, bestätigte Philipp. »Wie du dir vielleicht schon denken kannst, sollst du, Andreas, warten, bis alle das Flugzeug betreten haben. Damit, als Letzter einzusteigen, kennst du dich ja bereits aus. Dann suchst du dir eine Dame, der du eine flammende Rede über deine Liebe hältst und sie bittest, bei dir zu bleiben. Aber sei bitte nicht allzu enttäuscht, wenn du einen Korb kassierst. Thomas kann dich dann bestimmt trösten. Und falls sie entgegen aller Erwartungen mit dir kommen will, erzählen wir dir gerne hinterher, wie der Urlaub war.«

»Das geht ja schon wieder super los«, stöhnte Andreas.

»Schön, dass du das auch so siehst«, sagte Philipp, während er und Thomas sich erhoben. »Und bitte such dir eine Dame in unserer Hörweite aus, damit wir den Spaß auch mitbekommen.«

Thomas und Philipp reihten sich bei den Wartenden ein und betraten kurz darauf den Flieger nach Fuerteventura. Von dort aus sollte ihre eigentliche Reise beginnen. Im Hafen von Puerto del Rosario wollten sie das Kreuzfahrtschiff MS Schwalbe, eines der größten Kreuzfahrtschiffe der Welt, besteigen und zu einer einwöchigen Rundreise mit Zwischenstopps auf einigen Kanarischen Inseln sowie auf Madeira aufbrechen. Thomas und Philipp verstauten ihr Handgepäck, ließen sich auf ihre Sitze etwa auf Höhe der Tragflächen der Maschine fallen und beobachteten, wie sich diese allmählich mit Passagieren füllte. Thomas hatte den Mittelsitz, Philipp den Platz am Gang. Andreas' Fensterplatz blieb zunächst unbesetzt. Immer mehr Reihen füllten sich und der Gang dazwischen wurde wieder leerer. Schließlich betrat Andreas das Flugzeug. Gespannt beobachteten Philipp und Thomas von ihren Plätzen, wie ihr Kumpel sich ihnen Reihe um Reihe näherte, den Blick immer wieder über die Menschen auf den Sitzplätzen am Gang schweifen lassend wie ein hungriger Löwe auf der Jagd nach einer saftigen Gazelle. Plötzlich hörte sein Blick auf, zu wandern. Der Löwe hatte seine Beute gefunden. Er hatte eine scheinbar allein reisende Frau Mitte sechzig in einer bunten Bluse mit Blumenmuster und mit einem albernen Strohhut auf dem Kopf ins Auge gefasst. Sie saß drei Reihen vor den Jungs auf der anderen Seite des Gangs. Andreas verlangsamte seine Schritte, bis er in der Reihe mit der Dame schließlich stehenblieb. Theatralisch riss er seine Arme auseinander und rief gut hörbar für die Umsitzenden: »Marianne, da bist du ja! Hör mir zu! Ich weiß, ich habe Fehler gemacht.«

Die Angesprochene schreckte in ihrem Sitz auf. Sie riss den Kopf so ruckartig zu Andreas hinauf, dass ihr fast der Hut heruntergefallen wäre. Irritiert sah sie sich um, ob vielleicht jemand anderes gemeint sein könnte.

»Ich bin nicht perfekt«, fuhr Andreas höchst pathetisch fort, »aber das bist du auch nicht! Und gerade dieses Unperfekte ist es doch, was uns ausmacht. Ich weiß, ich habe Fehler gemacht. Aber Marianne, ich bin doch auch nur ein Junge, der vor einem Mädchen steht und es bittet, ihn zu lieben.«

»Ob sie ihm wohl gleich eine klatscht?«, fragte Thomas Philipp, während Andreas zum großen Finale ansetzte: »Marianne, bitte, komm mit mir und vergiss diesen Spanier! Zusammen werden wir wieder glücklich.«

Andreas hatte inzwischen die Aufmerksamkeit des halben Flugzeugs auf sich gezogen. Gespannt beobachteten die anderen Urlauber mit gereckten Hälsen Mariannes Reaktion. Zur allgemeinen Überraschung antwortete diese nicht minder pathetisch: »Justus, ich würde es ja tun, aber was soll ich meinem Mann sagen? Und unseren Kindern? Justus, die sind älter als du!«

Andreas öffnete den Mund zu einer Antwort, doch es kamen keine Worte heraus. Inmitten der einige Sekunden andauernden Stille begann Philipp erst langsam, dann schneller werdend zu applaudieren. Einige andere Urlauber stimmten in den Applaus mit ein, dann hob das allgemeine Gemurmel wieder an und die Aufmerksamkeit der Passagiere zerstreute sich wieder. Mit hochrotem Kopf und leicht zitternd quetschte sich Andreas an Philipp und Thomas vorbei auf seinen Platz und vergrub das Gesicht in den Händen.

»Und ich dachte immer, Liebe bedeutet, niemals um Verzeihung bitten zu müssen« kommentierte Philipp die Darbietung.

»Erklär das mal Vicky, wenn wir zurück sind« antwortete Thomas. Ähnlich wie Andreas zuvor, öffnete auch Philipp seinen Mund zu einer Antwort, schloss ihn jedoch schließlich wieder, ohne ein Wort herausgebracht zu haben.

Es gab ein lautes ›Ping‹ und in der Flugzeugkabine ertönte die Stimme des Kapitäns, der einen guten Flug wünschte und dann das Wort an die Crew für die Sicherheitseinweisung übergab.

»Hoffentlich ist Marianne nicht mit uns auf dem Schiff«, sagte Andreas.

»Das wäre schon ein ziemlich großer Zufall« erwiderte Philipp. »Und selbst wenn: Der Kahn ist groß genug. Wir machen uns eine ganz entspannte Kreuzfahrt. Eine Woche Kanaren, ohne Stress. Ganz egal, was die anderen von uns denken.«

»Solange keiner von uns hinter dem Schiff Wasserski fahren muss...«, sagte Thomas.

Andreas sah ihn mit großen Augen an als hätte Thomas ihn gerade auf eine Idee gebracht.

Der Pilot ließ die Turbinen durchstarten und wenige Augenblicke später befand sich das Flugzeug im Steigflug.

»Also irgendwie sieht die Turbine hier komisch aus«, grübelte Thomas beim Betrachten der Triebwerke. Auch Andreas blickte aus dem Fenster und fragte: »Was meinst du?«

»Naja, ich habe gelernt, wenn die so aussieht wie hier, darf der Flieger nicht starten«, antwortete Thomas.

Andreas runzelte verunsichert die Stirn, doch Philipp auf dem Platz am Gang verdrehte nur die Augen und stöhnte gelangweilt auf.

Thomas blickte ihn an, hob abwehrend die Augen und sagte: »Versuchen kann man's doch mal.«

Jetzt entspannte sich auch der Blick von Andreas wieder. Die drei Freunde schauten aus dem kleinen Fenster neben Andreas und warfen einen vorerst letzten Blick auf Philipps neue Wahlheimat am Rhein. Dann begannen sie, zu überlegen, welche der angebotenen Ausflüge des Kreuzfahrtunternehmens sie bei den Landgängen wahrnehmen wollten. Sie einigten sich auf eine Tour zu den ›Jameos del Agua‹ auf Lanzarote und einen hoffentlich actionreichen Ausflug zum Canyoning auf Madeira. Die weiteren Unternehmungen wollten sie spontan an Bord des Schiffs entscheiden.

Anschließend eröffneten sie sich gegenseitig die absurden Aufgaben, die sie einander stellen wollten, wobei Andreas' Vorschlag, Thomas Kielholen zu lassen noch eine der harmloseren Ideen war.

Als ein konstantes Klappern aus dem hinteren Teil des Flugzeugs den sich nähernden Speisewagen des Bordpersonals ankündigte, sagte Andreas zu Thomas: »Ich bin ja jetzt damit dran, dir eine Aufgabe zu stellen. Du erinnerst dich doch bestimmt noch an letztes Jahr...«

Willkommen an Bord

Nach der Landung in Puerto del Rosario auf Fuerteventura verließen die Jungs zügig das Flugzeug, um sich gute Plätze an dem Gepäckausgabeband zu sichern. Sie wollten möglichst schnell zu ihrem gebuchten Shuttle, da sie es kaum noch erwarten konnten, das Schiff endlich aus der Nähe zu sehen und auch zu entern. Lediglich Thomas wirkte eine Spur weniger euphorisch als seine beiden Freunde, was vermutlich mit der Aufgabe zusammenhing, die ihm Andreas kurz vor der Landung gestellt hatte: Er sollte sich als Nichtschwimmer outen und das Schiffspersonal bei jeder sich bietenden Gelegenheit bis zur Abfahrt auf diesen Umstand hinweisen und sich nach den besten Möglichkeiten erkundigen, einen Schiffbruch zu überleben.

Das Gepäckband setzte sich in Bewegung und einer der ersten Koffer, die darauf lagen, war der von Andreas. Kurze Zeit später folgte auch der von Thomas. Lediglich Philipp musste noch etwa fünf Minuten warten, bis auch er sein Gepäck wieder in den Händen hielt. Zeit, die Thomas nutzte, um Philipp vorzuwerfen, dass er jetzt schon trödele, um nicht wieder den Urlaub bezahlen zu müssen, wobei er ja noch nicht einmal seine Schulden vom letzten Mal beglichen habe. Andreas versuchte derweil, sich so gut wie möglich vor Marianne, seiner Bordbekanntschaft, zu verstecken.

Gemeinsam verließen sie, als alle drei schließlich ihre Koffer in den Händen hielten, das Flughafengebäude und traten ins Freie. Nur wenige Meter entfernt entdeckten sie eine komplett in weiß gekleidete Blondine mit blauen Schulterklappen auf ihrer Bluse, die ein Schild der Schifffahrtsgesellschaft emporhielt. Sie gingen auf die ausgesprochen attraktive junge Frau, die nicht viel älter als sie selbst sein konnte, zu und gaben sich als designierte Kreuzfahrer zu erkennen.

»Alles klar, Jungs«, sagte sie freundlich, »dann kommt mal mit.«

Sie führte die drei zu einem ebenfalls weißen Minibus, in dem sie und ihr Gepäck bequem Platz fanden. Lediglich eine weitere Person saß bereits in dem Fahrzeug. Ein gestresst wirkender Mann von etwa vierzig Jahren, der unentwegt Emails auf seinem Smartphone tippte und lediglich kurz zum Gruß aufblickte, als die Neuankömmlinge das Gefährt betraten.

Die drei Jungs ließen sich gemeinsam in der hintersten Sitzreihe nieder und die Blondine startete den Motor. Andreas, der in der Mitte saß, stieß Thomas an und wies mit dem Kinn auf die Fahrerin.

Mit einem genervten Augenrollen folgte Thomas der stummen Aufforderung und sagte: »Entschuldigen Sie bitte, wie ist das eigentlich mit der Sicherheit an Bord?«

Die Angesprochene lächelte freundlich in den Rückspiegel des Fahrzeugs und sagte: »Ihr könnt mich ruhig duzen. Ich bin Nadine.«

»Und ich glaube, ich bin verliebt«, flüsterte Andreas Philipp zu.

»Was willst du denn über die Sicherheit an Bord wissen?«, fragte Nadine.

Thomas antwortete: »Also ich bin Nichtschwimmer und falls das Boot kentert, wüsste ich gerne, wie meine Chancen sind.«

»Das wüsste ich auch gerne«, flüsterte Andreas.

Nadine erklärte Thomas, dass er sich keine Sorgen machen müsse und dass sie beim Betreten des Schiffs eine ausführliche Sicherheitseinweisung bekommen würden. Währenddessen flüsterte Philipp zurück: »Was ist denn los mit dir? Von Thomas bin ich solche Kommentare ja gewöhnt, aber seit wann bist du so dermaßen notgeil?«

Andreas zuckte mit den Schultern und sah aus dem Fenster. Die wüstenähnliche, trostlose Landschaft Fuerteventuras flog draußen vorbei und schon bald erreichten sie den Hafen. Nadine parkte den Minibus in unmittelbarer Nähe zum Schiff und bat ihre vier Gäste, auszusteigen. Der Mann mit den Mails verließ den Wagen, warf einen kurzen Blick auf das Schiff und tippte dann unbeeindruckt weiter wie ein Weltmeister auf dem kleinen Bildschirm in seiner Hand herum. Auch Andreas, Philipp und Thomas verließen das Gefährt und blickten deutlich ehrfurchtsvoller an dem gigantischen Metallkoloss empor, der vor ihnen im vor Anker lag. Strahlend weiß lackiert lag das in gleißendes Sonnenlicht getauchte Schiff im Hafenbecken vor ihnen. Höher und länger als jedes Hotel, in dem die Jungs bisher gewesen waren. Auf dem obersten Deck konnten sie bereits einige Passagiere sehen, die zu ihnen herunter oder ins Inselinnere blickten.

Sie schossen noch einige Fotos von ihrem schwimmenden Hotel, dann nahmen sie von Nadine, die inzwischen den Kofferraum geöffnet hatte, ihr Gepäck entgegen und stellten sich an der Schlange bereits wartender Kreuzfahrer vor der Abfertigungshalle an. Nach etwa zehn Minuten in der brennenden Mittagssonne Fuerteventuras erreichten sie den Eingang zu einer vollklimatisierten Abfertigungshalle, in der sie bei deutlich niedrigeren Temperaturen noch einmal gut dreißig Minuten mit Warten verbrachten. Dann ging alles ganz schnell. Ihr Gepäck wurde wie bereits am Flughafen durchleuchtet, ihre

Ausweise wurden kontrolliert und jemand schoss unvorteilhafte Fotos von ihnen für die Bordkarten, die ihnen nur wenige Sekunden später überreicht wurden.

Anschließend traten sie – ohne ihre Koffer, die später von Rhedereiangestellten direkt auf ihre Kabine gebracht werden sollten – den Gang zu ebendieser an. Erst über eine Rolltreppe, dann eine endlos erscheinende Gangway entlang, bis sie schließlich um eine letzte Kurve bogen und endlich an Bord der MS Schwalbe gelangten.

Dort wurden sie von einem Schiffsangestellten in Uniform der Reederei begrüßt, der sodann ihre Bordkarten scannte und ihnen den Weg zu einem Aufzug wies, der sie auf das passende Deck bringen sollte.

Thomas nutzte die Gelegenheit, um zu fragen, wo sich denn der nächste Rettungsring befände. Der Schiffsangestellte lachte kurz auf und sagte: »Den wirst du nicht brauchen, dieses Schiff ist unsinkbar.«

»Ich glaube, das hat man meinem Urgroßvater 1912 auch schon mal gesagt«, mutmaßte Thomas. Doch bevor er das Thema vertiefen konnte, drängte schon die nächste Gruppe Urlauber an Bord und der Schiffangestellte wandte sich den Neuankömmlingen zu, um diese ebenfalls an Bord willkommen zu heißen.

»Du hast es immerhin versucht«, sagte Philipp und klopfte Thomas aufmunternd auf die Schulter, als sie sich gemeinsam mit der Gruppe, die nach ihnen das Schiff betreten hatte, in den Aufzug zwängten, »und vielleicht kann dir ja Nadine bei Gelegenheit Schwimmunterricht geben.«

»Oder wir lassen ihn einfach absaufen«, erwiderte Andreas.

»Also irgendwie«, sagte Philipp, »finde ich das Einchecken in Hotels schöner. Eine richtige Rezeption hat einfach mehr Charme.«

Andreas antwortete: »Das hast du hier auch auf manchen Inseln. Aber wir sind an einem der Hauptzugangspunkte zugestiegen, da ist das einfach nur eine Massenabfertigung.«

Die Fahrstuhltüren öffneten sich drei Decks weiter unten wieder und gaben den Weg zu einem sehr langen Flur frei. Bereits von weitem sahen sie ihre Koffer vor einer der Kabinen stehen.

»Wie kommen die denn schon so schnell hier hin?«, wunderte sich Thomas.

Keiner der beiden anderen wusste darauf eine rechte Antwort, aber sie freuten sich, dass die Koffer bereits dort waren und sie somit nicht so lange auf ihr Gepäck warten mussten. Sie wollten zwar noch nicht auspacken, aber Philipp hatte ein Tablet und Andreas nicht unwesentlich Bargeld in seinem Koffer, sodass sie diese nicht lange unbeaufsichtigt auf dem Flur stehen lassen wollten.

Nachdem sie die Koffer in ihrer Innenkabine tief im Bauch des Schiffs, ohne Fenster, ohne Handyempfang und – wie Thomas wenig begeistert feststellte – auch ohne funktionierende Lüftung und Klimaanlage verstaut hatten, wollten die drei das Schiff erkunden. Sie schritten die langen, mit Teppichen ausgelegten Gänge entlang, stiegen mehrere Duzend Treppenstufen empor und fanden sich schließlich auf dem Sonnendeck des Ozeanriesens wieder. Thomas sprach den ersten Schiffsbediensteten, der ihnen entgegenkam, an und ließ sich von diesem zu den Rettungsbooten führen. Andreas und Philipp suchten derweil die Rezeption auf, um die Lüftungssituation in ihrer Kabine zu reklamieren. Sie fanden sie schließlich, nachdem sie mehrmals falsch abgebogen waren, einige Decks weiter unten.

Nachdem man ihnen dort versichert hatte, dass das Problem bis spätestens zum Ende der letzten Hundewache behoben sein sollte, bahnten sich die beiden ihren Weg durch die stetig wachsende Urlauberschar die zahlreichen Treppenstufen wieder nach oben und an die Reling des Sonnendecks. Von dort aus hatten sie einen guten Blick auf die langsam kürzer werdende Schlange der im Hafen noch auf das Boarding Wartenden und auch auf das Inselinnere.

»Letzte Hundewache?«, fragte Andreas etwas ratlos. Philipp, der sich über diesen Begriff zwischenzeitlich mithilfe seines Smartphones informiert hatte, antwortete: »Vielleicht war der Kerl bis letzte Woche bei der Marine. Die letzte Hundewache geht jedenfalls bis 20 Uhr, also sollten wir heute Nacht bei angenehmen Temperaturen schlafen können.«

»Das klingt doch schon mal ganz gut«, sagte Andreas. »Was hältst du davon, wenn wir Thomas zur Beruhigung ein paar Schwimmflügel kaufen?«

»Das wird nicht nötig sein«, antwortete Thomas, der in diesem Moment wieder zu ihnen stieß. »Dieses Schiff verfügt nämlich über sechzehn Rettungsboote und weit über hundert Rettungsringe sowie mehrere tausend Schwimmwesten und einige Rettungsinseln. Wenn ich mich an die Zahlen richtig erinnere, dürften meine Überlebenschancen hier also selbst als angeblicher Nichtschwimmer deutlich höher sein als bei einem Flugzeugabsturz.«

Mit einem Blick auf die etwa 20 Meter unter ihnen an Land Wartenden sagte er dann: »Den Hut kenne ich doch.«

Philipp und Andreas folgten seinem Blick und auch sie erkannten die Dame mit bunter Blumenmusterbluse und dem albernen Strohhut sofort wieder.

»Da ist ja Marianne wieder! Und sie scheint *gut behütet* zu sein«, frohlockte Philipp.

»So viel zum Thema ›großer Zufall‹«, sagte Andreas nicht ohne eine gewisse Bitterkeit in der Stimme zu Philipp.

»Dann musst du jetzt halt auf der Hut sein, Justus«, sagte Thomas breit grinsend.

Philipp erwiderte mit nicht minder breitem Grinsen im Gesicht: »Vielleicht spielt sie aber auch eine Runde ›Hut‹ mit ihm.«

»Witzig, witzig«, zischte Andreas.

»Vorsicht, Philipp, wir sollten aufhören, ihn zu ärgern, sonst geht ihm noch« - Thomas machte eine Kunstpause - »die Hutschnur hoch.«

»Na das wollen wir doch nicht«, sagte Philipp. »Niemand hut die Absicht, einen Andreas zu verärgern.«

»Sonst macht er uns noch so klein mit Hut.« Thomas hielt Daumen und Zeigefinger sehr nah beieinander vor sich in die Luft.

»Wer macht wohl den lauteren Platscher, wenn ich euch jetzt von Bord werfe?« fragte Andreas grüblerisch, den Blick weiterhin auf Marianne gerichtet.

»Also ich habe keine Lust, das herauszufinden«, antwortete Philipp. »Stattdessen würde ich lieber das Schiff und besonders die nächstgelegene Bar erkunden.«

Die beiden anderen nickten und gemeinsam traten sie von der Reling zurück. Sie nutzten die verbleibenden zwei Stunden bis zum Auslaufen des Schiffs, um dieses ein wenig zu erkunden. Neben diversen Restaurants und Bars gab es an Bord unter anderem auch einen Kletterpark, einen Spabereich, ein Fitnessstudio, drei Wasserrutschen und ein Casino.

Bereits bei diesem ersten Rundgang entwickelten die Jungs zahlreiche Ideen für kreative Aufgaben, um den jeweils anderen das Leben schwer zu machen. Tiere paarweise an Bord zu schmuggeln oder ›Schiffe versenken XXL‹ zu spielen, waren nur zwei davon.

Anschließend nahmen sie an der obligatorischen Sicherheitsunterweisung teil. Dazu fanden sie sich gemeinsam mit etwa zwanzig weiteren neu zugestiegenen Passagieren, allesamt mit den Schwimmwesten bewaffnet, die sich in jeder Kabine des Schiffs befanden, an dem für sie festgelegten Notfalltreffpunkt ein. Ein leicht verstimmt wirkender Schiffsmitarbeiter erschien, breitete wichtigtuerisch seine Schwimmweste vor sich aus und schickte sich an, eine Rede zu halten. Bevor er jedoch beginnen konnte, sagte Thomas zu Philipp: »Für mich als Nichtschwimmer ist das hier ja wirklich sehr interessant, aber du als erfahrener Rettungsschwimmer kennst das ja alles schon und willst doch bestimmt deine Hilfe anbieten. Sowohl bei einem tatsächlichen Notfall als auch jetzt bei dieser Demonstration.«

»Spinnst du? Dir ist schon klar, dass ich gerade mal das Schwimmabzeichen in Silber hab'?«, fragte Philipp.

»Mir ja, aber den anderen hier nicht«, sagte Thomas schlicht.

Philipp verdrehte – nicht zum ersten Mal an diesem Tag – die Augen, dann hob er seine Hand und sagte laut in die Runde: »Also ich als Rettungsschwimmer kann im Notfall natürlich auch sehr gerne helfen.«

Der Schiffsbedienstete blickte ihn geringschätzig von Kopf bis Fuß an, dann sagte er: »Danke, das schaffen wir schon.«

»Aber«, begann Philipp.

»Kein ›Aber‹ und jetzt Ruhe, es kommen noch ein paar Gruppen nach euch«, lautete die genervte Antwort, die Philipp zum Verstummen brachte.

Nachdem die Sicherheitseinweisung beendet war und die drei ihre Schwimmwesten wieder auf die Kabine im Bauch des Schiffs gebracht hatten, erklommen Philipp, Thomas und Andreas abermals die zahlreichen Stufen zum achtzehnten Deck, dem Sonnendeck, um den besten Blick auf das Auslaufen des Schiffs aus dem Hafen von Puerto del Rosario zu haben. Als sie sich aussichtsreiche Plätze gesichert hatten, meldete sich zunächst jedoch mit einem Gong die Brücke.

Es folgte eine Durchsage: »Guten Tag, liebe Passagiere und willkommen an Bord der MS Schwalbe. Mein Name ist Pia Kahr, ich bin der Kapitän dieses Schiffs und freue mich, Sie hier an Bord begrüßen zu dürfen. Ich habe gerade von meiner Crew erfahren, dass wir vollzählig sind und auch von der Hafenbehörde grünes Licht bekommen haben, daher werden wir in Kürze auslaufen. Genießen Sie Ihren Aufenthalt hier bei uns an Bord.«

Anschließend folgte dieselbe Durchsage noch einmal auf Englisch. Dann zeigte ein leichtes Vibrieren des gesamten Schiffs den drei Jungs auf dem achtzehnten Deck und auch allen anderen Passagieren, dass die gigantischen Schiffsschrauben viele Meter unter ihnen ihre Arbeit aufgenommen hatten. Ein Blick hinunter ins Hafenbecken zeigte ihnen, dass die Leinen eingeholt worden waren. Es ertönte ein ohrenbetäubendes Signal aus dem Schiffshorn, gefolgt von der Auslaufmelodie der Reederei. Zu sanften Geigen- und Trompetenklängen setzte sich der Ozeanriese in Bewegung. Zunächst kaum merklich, doch dann immer schneller rangierte der Koloss aus dem Hafenbecken und nahm Fahrt auf. Schnell wurde Fuerteventura hinter ihnen kleiner und die Jungs räumten mit dem Ende der Melodie ihren Platz an der Reling.

»Leute, ich habe seit dem Frühstück nichts mehr gegessen«, sagte Andreas. Im selben Moment knurrte auch Philipps Magen unüberhörbar. Nach einem kurzen Blick auf den digitalen Deckplan, der auf jedem Deck und in jedem der drei Treppenhäuser des Schiffs auf einem großen Bildschirm zur Verfügung stand, stellten die drei fest, dass bereits die ersten Restaurants für das Abendessen geöffnet hatten. Sie entschieden sich für ein Themenrestaurant mit asiatischer Küche zwölf Decks tiefer.

Obstsalat

Die drei Freunde hatten sich noch nicht ganz gesetzt, da kam bereits ein Kellner zu ihnen herüber geeilt. Während sie ihre Getränke bestellten, warf Philipp einen Blick auf das Namensschild der Bedienung. *Herr L. Obst*. Philipp lehnte sich mit einem breiten Grinsen zurück. Er wartete bis Herr L. Obst außer Hörweite war, dann fragte er Andreas: »Hast du gesehen, wie der Kellner heißt?«

»Nein, warum?«

»Weil dir das bei deiner nächsten Aufgabe helfen könnte«, antwortete Philipp süffisant grinsend.

Mit einer kleinen Sorgenfalte auf der Stirn fragte Andreas: »Was genau meinst du?«

»Also der Kellner«, erklärte Philipp, »heißt Herr Obst. Und du wirst ihn der Höflichkeit halber ab jetzt immer mit Namen ansprechen. Also mit einem Obst. Beziehungsweise jedes Mal mit einem anderen Obst. Und wehe, ich höre zweimal das Gleiche.«

Andreas seufzte. Dann servierte Herr Obst ihnen ihre Getränke und fragte sie, ob sie sich schon für eine Speise entschieden hätten. Philipp bestellte zuerst. Er orderte eine Wan Tan Suppe und Chop Suey. Thomas tat es ihm gleich. Dann war Andreas an der Reihe: »Also, Herr Birne, ich hätte gerne die Herbstrollen mit süß-saurer Soße und das Huhn mit acht Kostbarkeiten.«

Herr Birne notierte die Bestellungen, ließ sich ansonsten nichts weiter anmerken und verschwand sodann wieder.

»Das ist ja schon irgendwie ein bisschen respektlos«, sagte Andreas mit leicht errötetem Gesicht.

Philipp antwortete schlicht: »Nomen est omen.«

Ihre Vorspeisen wurden serviert und Andreas bedankte sich dafür bei Herrn Apfel. Bei der Nachbestellung der Getränke nannte er ihn Kirsche, als die Getränke geliefert wurden Zwetschge und beim Nachtisch Traube. Der Kellner wurde beim Bedienen zunehmend unfreundlicher und als die drei das Restaurant schließlich wieder verließen, sagte Andreas: »Ich weiß schon, wo wir den Rest der Fahrt nicht mehr essen werden.«

Auf halbem Weg zu ihrer Kabine drehte Philipp noch einmal um und ging zurück ins Restaurant, weil er sein Handy dort vergessen hatte. Thomas und Andreas fanden, als sie ihre Kabine erreichten, an der Tür einen Zettel vor, der sie aufforderte, sich telefonisch bei der Rezeption zu melden. Andreas kam der Aufforderung nach und legte den Hörer des Kabinentelefons in dem Moment wieder auf, in dem auch Philipp wieder zu seinen Freunden stieß.

»Heute schaffen sie es doch nicht mehr, den Fehler zu beheben. Aber morgen nach unserem Ausflug sollte alles wieder funktionieren«, teilte er den beiden anderen das Ergebnis des Gesprächs mit.

Die drei warfen einen prüfenden Blick durch ihre Innenkabine. Den größten Teil des Raums nahm ein Doppelbett ein, an dessen Seiten links und rechts jeweils ein schmaler Gang frei war, um die am Kopfende stehenden schmalen Schränke zu erreichen. Das dritte Bett war ausklappbar zwischen den beiden Schränken über dem Kopfende des Doppelbettes an der Wand befestigt und mit einem kleinen Gitter ausgestattet, das verhindern sollte, dass der darin Schlafende über Nacht auf die beiden anderen herabfiel. Einen dritten Schrank für die Person in diesem Bett gab es in der Kabine nicht. Lediglich ein weiteres schmales Wandregal bot die Kabine. Dieses jedoch war bereits halb durch die Rettungswesten belegt, welche die Jungs schon bei der Sicherheitseinweisung anprobiert hatten, sodass dem dritten nichts anderes übrig blieb, als seine Habseligkeiten gleichmäßig auf die beiden Schränke links und rechts des Doppelbetts zu verteilen.

Den restlichen Platz der insgesamt etwa zwölf Quadratmeter nahm die Nasszelle, bestehend aus einer Toilette, einem Waschbecken und einer Dusche, in der man sich nur mit Mühe drehen konnte, ein.

»Dann sollten wir uns mal über die Bettenverteilung unterhalten. Ich schlafe oben«, sagte Philipp.

»Vergiss es!«, erwiderte Andreas. »Ich hatte schon letztes Jahr mit Thomas das Ehebett.«

»Dann kannst du es dir ja dieses Mal mit Philipp teilen«, sagte Thomas und warf ohne Umschweife seinen Koffer auf das obere Bett. Philipp zuckte mit den Schultern, pfefferte seinen Koffer ebenfalls auf eines der noch freien Betten und begann, seine Sachen in den danebenstehenden Schrank zu räumen. Auch Andreas hievte seinen Koffer auf das Doppelbett, doch schnell mussten die Jungs feststellen, dass ihre Kabine nicht genug Platz bot, damit alle drei gleichzeitig auspacken konnten.

»Ihr könnt ja schon mal auspacken, ich gehe in der Zeit einen trinken«, sagte Thomas, warf seinen Kulturbeutel zurück in den Koffer und öffnete die Kabinentür.

Philipp rief ihm hinterher: »Warte, ich komme mit.«

Andreas, der einen Stapel Unterhosen in ein Regal einsortierte, sagte: »Schade, dass die die Getränke nicht auch auf die Kabine bringen.«

»Wir sehen uns später«, verabschiedete sich Philipp und schloss die Tür hinter sich. Er und Thomas schritten den Gang tief im Bauch des Schiffs entlang, als sie hinter sich ein Rufen hörten: »Hey!«

Andreas steckte den Kopf aus der Kabinentür und rief ihnen nach: »Ich hab mir überlegt, dass die ja gar nicht liefern brauchen. Dafür habe ich ja dich, Thomas. Deine neue Aufgabe ist, für den Rest der Reise mein persönlicher Kellner zu sein. Ich hätte gerne ein Weizen.«

Ohne sich noch einmal umzudrehen, machte Thomas eine rüde Geste nach hinten, um Andreas zu zeigen, dass er ihn verstanden hatte und was er von der Aufgabe hielt.

Er und Philipp entschieden sich für eine Bar am Bug des Schiffs auf dem Sonnendeck, die sie nach einigen Irrwegen auch erreichten. Sie setzten sich an einen Tisch in unmittelbarer Nähe zum Pool, in dem sich tatsächlich auch zu fortgeschrittener Stunde immer noch einige Leute tummelten. Philipps Griff ging unmittelbar zur Getränkekarte, die er ausgiebig studierte. Der Kellner kam an ihren Tisch und Thomas bestellte eine Pina Colada und ein Weizen, Philipp, der erst etwa auf der Hälfte der Karte angekommen war, nahm ebenfalls eine Pina Colada.

Am Ende der reichhaltigen Karte angelangt sagte er: »Das ist ja der Hammer! So viele Cocktails und alle sind in unserem All-Inclusive-Paket enthalten. Ich weiß gar nicht, wo ich anfangen soll.«

»Dann geh die Karte doch einfach von oben nach unten durch«, schlug Thomas vor.

»Gute Idee«, sagte Philipp, »aber ich hatte vor, die Bar zwischendurch auch mal zu verlassen.«

»Ach komm«, entgegnete Thomas, der inzwischen ebenfalls einen Blick in die Karte geworfen und nachgezählt hatte, »das sind gerade mal achtundvierzig Stück, also nicht mal sieben am Tag.«

Philipp setzte zu einer Antwort an, als ihre Getränke geliefert wurden und die Fachsimpelei der beiden über die tägliche Anzahl an Cocktails beendeten. Thomas stieß mit Philipp auf den Urlaub an, dann nahm er das Weizen und verschwand unter Deck.

Einige Minuten später kehrte er leicht angefressen an den Tisch zurück und leerte seinen Cocktail in einem Zug bis weit über die Hälfte.

»Was ist passiert?«, fragte Philipp vorsichtig.

»Der blöde Affe hat mir zehn Cent Trinkgeld gegeben«, antwortete Thomas grimmig, »und gesagt, ich solle nicht alles auf einmal ausgeben.«

Auf die Pina Coladas folgten jeweils noch ein Cuba Libre und eine Limonade, dann sagte Thomas: »Ich hab's mir überlegt: Du trinkst dich einmal quer durch die gesamte Karte. Das ist deine nächste Aufgabe.«

Um der Aufgabe gerecht zu werden, bestellte Philipp noch eine Margarita. Während er sein Glas leerte, konnten er und Thomas beobachten, wie ein Schiffsangestellter die verbliebenen abendlichen Badegäste aus dem Pool vertrieb und diesen mit einem Netz gegen nächtlichen Missbrauch sicherte. Danach kehrten die beiden Jungs auf ihre Kabine zurück, um ebenfalls ihre Koffer zu Ende auszupacken. Dort angekommen, stellten sie fest, dass Andreas den Fernseher, der an der gegenüberliegenden Wand von Thomas' Bett, also an der Wand am Fußende der beiden anderen Betten, angebracht worden war, eingeschaltet und einen Livestream von der Heckkamera des Schiffs gefunden hatte.

»Jetzt sehen wir«, sagte er auf die fragenden Blicke seiner Kabinengenossen, »was draußen passiert. Das ist quasi wie ein Fenster.«

»Nur ohne die frische Luft«, sagte Thomas über seinen Koffer gebeugt und rümpfte leicht die Nase. Tatsächlich machte sich bereits jetzt die defekte Belüftung in dem kleinen Raum bemerkbar.

»Du kannst immer nur meckern, meckern, meckern«, erwiderte Andreas. »Aber wenn du so viel Wert auf frische Luft legst, dann dreh doch noch mal eine Runde übers Schiff und bring mir noch ein Weizen mit.«

Thomas verstaute seinen leeren Koffer unter Philipps Bett, dann verließ er widerwillig die Kabine, um seiner Aufgabe nachzukommen und Andreas seinen Schlummertrunk zu besorgen.

Der nächte Morgen begann für Philipp mit einem Tritt in den Magen. Thomas erwischte ihn beim Versuch, das obere Bett zu verlassen, hart mit dem Fuß. Philipps Stöhnen und Thomas' halblaut geflüsterte Entschuldigung weckten auch Andreas auf, sodass alle drei bereits eine halbe Stunde vor dem Klingeln ihres Weckers wach waren.

Auf dem Bildschirm an der Wand gegenüber war bereits die Sonne aufgegangen und beleuchtete ein Hafenbecken mit trübem Wasser. In der Ferne waren die Häuser und Strände von Arrecife zu sehen. Es schien ein traumhafter Tag zu werden.

Davon merken die drei Jungs in ihrer fensterlosen Innenkabine jedoch zunächst noch nichts. Dank der kaputten Belüftung hatte die Luft in dem kleinen Raum über Nacht eine sehr torfige Note bekommen. Man konnte die Abgase, die sie im Schlaf produziert hatten, beinahe schon schmecken und

Thomas im obersten Bett äußerte die Vermutung, wenn er aufstehen würde, könne er vermutlich über die dicke Luft hinweg spazieren.

Das Schiff war fest vertäut, die Gangway ausgefahren und alles bereit für einen Landgang auf Lanzarote. Diesen Plan hatten auch Philipp, Andreas und Thomas gefasst, denn sie hatten einen Ausflug gebucht. Zur Auswahl standen eine Busfahrt durch den Timanfaya Nationalpark inklusive eines Kamelritts oder der Besuch von Cesár Manriques berühmten ›Jameos del Agua‹. Andreas wollte zwar gerne auf einem Kamel reiten, war jedoch von den beiden anderen überstimmt worden, sodass sie gemeinsam den Trip zu den ›Jameos del Aqua‹ gebucht hatten.

»Es reicht doch, dass du wie eines aussiehst, da brauchst du nicht auch noch auf den Kamelen zu reiten«, hatte Thomas ihn mit seiner unnachahmlich charmanten Art vertröstet.

Bevor sie ihren Ausflug antraten, ging es für die Jungs jedoch zum Frühstück. Dieses nahmen sie in einem Restaurant direkt gegenüber dem asiatischen vom Vorabend ein. Eigentlich wollten sie das ›Restaurant vier Jahreszeiten‹ ausprobieren. Da sie dieses jedoch nicht fanden, nahmen sie einfach den Weg, den sie schon vom Tag zuvor kannten, und bogen am Ende links ab.

Nach einem Frühstück, das für alle drei unter anderem aus einer wirklich beeindruckenden Menge Schoko-Brotaufstrich bestand, begaben sie sich auf Deck drei, von wo aus die Gangway an diesem Tag zu erreichen war.

Sie checkten bei dem am Ausgang stehenden Sicherheitsbediensteten aus, verließen das Schiff und sahen sich, endlich an der frischen Luft angekommen, um.

»Sieht genauso aus wie Puerto del Rosario«, stellte Andreas fest.

»Das liegt daran«, antwortete Thomas, »dass wir im Kreis gefahren sind. Die legen immer im selben Hafen an, nennen es aber anders. Klassische Touristenfalle.«

Andreas ließ diesen Versuch eines Witzes unkommentiert. Stattdessen setzte er sich in Bewegung und die beiden anderen folgten ihm. Ihr Weg führte sie über einen mit Gurtbändern abgesteckten Pfad am Pier entlang, bis sie den noch einmal zusätzlich umzäunten Schiffsanleger verlassen hatten und einer Flotte von Reisebussen gegenüberstanden. Andreas hielt zielstrebig auf den Bus zu, vor dem Nadine mit einem Klemmbrett stand, doch Philipp pfiff ihn zurück: »Hey, hiergeblieben! Wir nehmen Bus sechs.«

Enttäuscht trottete Andreas hinter seinen beiden Freunden her. Sie meldeten sich bei der für ihren Auslug zuständigen Reiseleiterin an und setzten sich in den noch menschenleeren Bus.

»Jetzt weiß ich auch, warum du unbedingt zu den Kamelen wolltest«, sagte Philipp zu Andreas. Dieser blickte ihn fragend an und Philipp erklärte knapp: »Der Bus mit Nadine.«

»Reiner Zufall«, antwortete Andreas.

Reiner Zufall war es auch, dass unter den Zusteigenden, mit denen sich der Bus nach und nach füllte, auch Marianne mit ihrem Strohhut war. Andreas machte sich, als er sie erblickte, in seinem Sitz besonders klein, was bei seiner Größe gar nicht so einfach war, doch es half nichts. Marianne erkannte ihn wieder, setzte sich ohne zu zögern in die Reihe hinter ihm und Thomas und sagte: »Justus, was machst du denn hier? Was für ein Zufall.«

»Die Welt ist klein. Aber eigentlich heiße ich Andreas«, stellte sich Justus peinlich berührt vor.

»Und ich eigentlich Hilde«, antwortete Marianne fröhlich. Dann fragte sie: » Was sollte eigentlich deine Aktion im Flugzeug?«

Andreas Gesichtsfarbe wechselte so schnell in ein leuchtendes Scharlachrot, dass jedes Chamäleon eifersüchtig geworden wäre.

Während er nach den richtigen Worten für eine Erklärung suchte, stiegen noch eine fünfköpfige Familie und ein älteres Pärchen ein, gefolgt von der Reiseleiterin und dem Busfahrer, dann schlossen sich die Türen und sie fuhren los. Endlich setzte auch Andreas zu seiner Erklärung an, doch Thomas schnitt ihm das Wort ab.

»Ach, was freue ich mich auf die Kamele«, sagte Thomas laut und euphorisch, was für einige Irritation bei den Mitreisenden sorgte.

»Sind wir im falschen Bus?« fragte eine Frau zwei Reihen weiter vorne ihren Begleiter. Ein anderer sagte etwas verunsichert: »Die Kamele waren doch bei der anderen Tour, oder nicht?«

Thomas genoss sein Werk mit einem breiten Grinsen, doch dann meldete sich die Reiseleiterin zu Wort und begrüßte alle zur Tour ›Auf den Spuren von Cesár Manrique‹, wodurch wieder Ruhe im Bus einkehrte und sich die durch Thomas gesäten Zweifel der anderen Mitreisenden zerstreuten. Es folgte ein längerer Monolog der Reiseleiterin über das Leben und Werk von Cesár Manrique, dessen Spuren überall auf Lanzarote zu finden sein und der hier wie eine Art Nationalheld verehrt würde.

Nachdem die Reiseleiterin ihren Monolog beendet hatte, hakte Hilde erneut bei Andreas nach: »Also, was war das da im Flugzeug bitte?«

Der Gefragte konnte nun endlich seine zurechtgelegte Antwort zum Besten geben: »Man sieht das doch so oft in Filmen und ich wollte einfach wissen, wie die anderen Leute reagieren. Quasi ein Sozialexperiment. Aber Sie haben auch wirklich gut mitgespielt.«

»Tja, da haben sich die zwanzig Jahre Impro-Theater ausgezahlt. Aber ich glaube, wenn wir zwei schon eine vorgetäuschte Affäre haben, brauchst du mich glaube ich nicht mehr zu siezen, mein Junge.«

Zwei Fotostopps und eine Toilettenpause später erreichten sie die ›Jameos del Agua‹, jene weit über die Insel hinaus bekannte Kulturstätte, die von Cesár Manrique 1966 aus einer teilweise eingestürzten Lavaröhre im Lavafeld des Monte Corona erschaffen wurde und die jährlich mehrere tausend Touristen aus aller Welt anzog.

Sie verließen den Bus und spazierten geschlossen als Gruppe an der Schlange der Wartenden am Eingang vorbei in eine schmale Passage, die in einer Steintreppe endete und schließlich einen ersten Blick auf die Grotte freigab, die in der Senke der Lavaröhre lag.

Die in das Lavagestein gehauenen Stufen der Felsentreppe endeten mitten in einem charmanten, kleinen Restaurant mit einem traumhaften Blick auf einen unterirdischen See mit tiefblauem Wasser und die Blumenvielfalt zu beiden Seiten der Grotte. Das grüne Blattwerk stach im diffusen Licht der Höhle auf besondere Weise vor dem bräunlichen Felsgestein hervor.

Mit Blick auf die spiegelglatte Wasserfläche des unterirdischen Sees vor ihnen, der sich vom Restaurant aus durch die gesamte restliche Grotte zog, fragte Philipp Andreas etwa nach der Hälfte der Stufen: »Ist dir eigentlich auch so warm?«

Zur Antwort hob Andreas seine Arme, unter denen sich im Stoff seines Shirts dunkle Flecken abzeichneten.

»Dann möchtest du dich doch bestimmt abkühlen?«, fragte Philipp.

Andreas schien allmählich ein Licht aufzugehen. Entschieden sagte er: »Nein.«

»Doch«, antwortete Philipp. »Das ist deine nächste Aufgabe. Du wirst hier in der Lagune ein kleines Bad nehmen.«

»Ich hasse dich«, sagte Andreas mit nachdrücklicher Betonung auf jedem einzelnen Wort, während er seine Taschen leerte und Philipp sämtliche technischen Geräte, Papiere und sein Portemonnaie überreichte.

»Abgrundtief. Ich weiß«, seufzte Philipp.

Andreas nickte: »Und aus ganzem Herzen.«

Sie erreichten die unterste Stufe der Felstreppe und genossen den Blick in die strahlend blaue Lagune, in der sich zahllose weiße Krebse tummelten. Munidopsis polymorpha, eine Krebsart, die es ausschließlich in dieser Grotte gab.

Nachdem sie einige Fotos gemacht und die Schönheit des Ortes bewundert hatten, gingen sie hintereinander einen schmalen Felsweg an der Lagune neben der Höhlenwand entlang auf die andere Seite der Grotte zu. Das niedrige, ebenfalls aus Vulkangestein gehauene Geländer zum Unterwassersee wies an einigen Stellen Lücken auf. Genau bei einer dieser Lücken blieb Andreas stehen und beugte sich weit nach vorne. Er sagte: »Guckt euch mal diese vielen Krebse aahhh-«

Dann kippte er nach vorne und klatschte geräuschvoll ins Wasser. Augenblicklich stürmten von beiden Seiten der Grotte besorgte Mitarbeiter zu der Stelle, an der Andreas Sekunden zuvor noch gestanden hatte. Schnell spanisch sprechend deuteten sie auf die Stufen, die die drei Freunde zuvor hinabgestiegen waren. Andreas nickte prustend und schwamm zu der Stelle hinüber. Dabei scheuchte er massenhaft kleine, weiße Krebse auf, die empört das Weite suchten.

Tropfend zog sich Andreas wieder auf festen Boden, wo er umgehend einem Mitarbeiter Rede und Antwort stehen musste. Mit einem haarsträubenden Mix aus Spanisch, Englisch und Deutsch erklärte Andreas ihm, dass er bedauerlicherweise beim Beobachten der Krebse das Gleichgewicht verloren hatte und keine hinreichende Möglichkeit zum Festhalten in der Nähe war, sodass er in das Becken gestürzt war.

Der aufgebrachte Spanier redete noch eine Weile auf ihn ein, dann verschwand er wieder. Philipp und Thomas waren in der Zwischenzeit bereits zur anderen Seite der Grotte vorgegangen und hatten dort die Stufen wieder hinauf erklommen. Auf einem Plateau genossen sie die Aussicht auf eine weitere Wasserfläche, Blumen und Palmen, alles in einem Krater mehrere Meter unter der steinigen Oberfläche des Lavafeldes. Andreas eilte ihnen nach und hinterließ dabei eine Spur aus Wassertropfen auf dem schmalen Pfad und der sich daran anschließenden Treppe zu dem Plateau, auf dem seine Freunde auf ihn warteten.

»Und, erfrischt?«, begrüßte ihn Thomas.

Andreas winkte lässig ab, dann machte er eine schnelle Bewegung auf Philipp zu und schloss ihn in eine feuchte Umarmung. Als er ihn wieder losließ, sagte er: »Da hat mich wohl die Freude über die bestandene Aufgabe gepackt. Ich hoffe, du bist nicht nass geworden.«

Philipp begutachtete die feuchten Stellen auf seiner Kleidung, zuckte mit den Schultern und erwiderte: »Das trocknet schnell wieder. Mach du dir lieber mal Gedanken, ob dich der Busfahrer so wieder mitnimmt.«

Philipp und Thomas erkundeten das weitere Terrain und besichtigten unter anderem einen komplett in die Tiefe des Lavagesteins gehauenen Konzertsaal mit Platz für über tausend Personen, während Andreas es sich auf einer Bank in der

Sonne gemütlich machte und versuchte, sich und seine Klamotten so gut es eben ging in der warmen Sommerluft zu trocknen. Allmählich breitete sich eine Pfütze unter ihm aus, die leicht einen falschen Eindruck erwecken konnte. Entsprechend wurde er von Thomas angemacht, nachdem dieser seinen Rundgang beendet hatte: »Mensch, Andreas, es gibt hier doch extra Toiletten. Du musst nicht einfach laufen lassen.«

»Stimmt. Aber ich kann dich laufen lassen«, antwortete Andreas. »Hol mir doch mal ein schönes, kühles Glas Wasser.«

Grummelnd zog Thomas von dannen und Philipp ließ sich neben Andreas auf die Bank fallen. Er reichte ihm seine vorher abgegebenen Habseligkeiten zurück und sagte: »Da hattest du aber Glück, dass du mir die Sachen gegeben hast, bevor du ins Becken gestürzt bist. Man könnte ja fast meinen, dass das geplant war...«

Thomas kehrte zurück und überreichte Andreas dessen bestelltes Glas Wasser. Andreas nahm eine fünf Cent Münze aus seinem gerade zurückbekommenen Geldbeutel, schnippte sie Thomas zu und sagte: »Danke. Hier, kauf dir was Schönes!«

Thomas fing die Münze, ließ sie in seine Hosentasche gleiten und sah Andreas dabei zu, wie er einen großen Schluck Wasser trank. Dann sagte er diabolisch: »Deine Aufgabenstellung hat mir nicht verboten, dir unterwegs ins Glas zu spucken.«

Er ließ sich auf der anderen Seite neben Andreas auf die Bank fallen und beobachte mit Genugtuung, wie Andreas argwöhnisch das Glas in seiner Hand begutachtete.

»De omnibus dubitandum«, sinnierte Philipp.

Freudige Überraschung

Zurück an Bord der MS Schwalbe fanden Andreas, Thomas und Philipp an ihrer Kabinentür einen Zettel vor, der sie aufforderte, sich an der Rezeption zu melden.

»Na toll! Nicht mal ein Tag und die werfen uns schon vom Schiff. Hast du toll gemacht, Andreas«, sagte Philipp, während sie denselben Weg über die langen Gänge zurückgingen, den sie gerade erst zu ihrer Kabine abgeschritten hatten.

»Wieso denn ich? Thomas ist viel schlimmer als ich«, entgegnete Andreas, als sie die Treppen heruntstiegen, um die zwei Decks tiefer gelegene Rezeption zu erreichen. Freudig stellten sie fest, dass lediglich drei Leute vor ihnen an der Reihe waren. Der Geschäftsmann, den sie bereits auf der Fahrt zum Schiff getroffen hatten, stellte einige Frage zur Internetverbindung an den Seetagen der Reise und ein Ehepaar in den späten Vierzigern, das frisch zugestiegen war, wollte einchecken.

Dann waren die Jungs an der Reihe und Andreas sagte zu dem Rezeptionisten, von dem Philipp bereits am Tag zuvor vermutet hatte, dass dieser früher bei der Marine war: » Hallo. Wir haben eine Nachricht bekommen, dass wir uns hier melden sollen.«

Philipp nannte ihm ihre Namen und der Mann nickte. Er griff zum Telefon und sagte in den Hörer: »Ja, genau, 8079.«

Er wandte sich wieder an die Jungs: »Wartet kurz, es kommt sofort jemand.«

Dieser jemand war niemand anderes als Nadine. Sie trug eine marineblaue Chinohose und ein weißes Hemd mit Schulterklappen, die auf jeder Seite einen silbernen Streifen hatten. Sie erklärte ihnen, dass es leider nicht möglich war, die Belüftung in der Kabine zu reparieren und sie deswegen einmal umziehen müssten. Doch als Entschädigung sollte es nun statt der winzigen Innenkabine eine winzige Außenkabine mit Balkon geben.

Begeistert folgten die Jungs Nadine zu ihrer neuen Kabine. Diese war sieben Decks höher gelegen, befand sich im vorderen Teil des Schiffs, trug die Nummer 15038 und bot vom Balkon aus einen beeindruckenden Blick die Schiffswand hinab und weit auf das Meer hinaus.

Die Betten in der Kabine, die etwa zwei Quadratmeter größer war, waren genauso angeordnet, wie in ihrer bisherigen Herberge, doch hier hatten die Jungs einen weiteren Schrank zur Verfügung und eine weitere Liegemöglichkeit in Form einer kleinen Hängematte, die über den Balkon gespannt werden konnte.

Sie bedankten sich bei Nadine und schlossen die Tür hinter ihr. Demonstrativ atmete Philipp ein: »Frische Luft!«

»Hey, Andreas«, frotzelte Thomas mit Blick aus dem Fenster, »mach doch mal den Fernseher an. Ich möchte wissen, wie das Wetter draußen ist.«

»Ich gucke lieber direkt nach«, sagte Andreas und quetschte sich an seinen beiden Freunden vorbei auf den schmalen Balkon.

Der auf Deck 15 deutlich stärker spürbare Wind spielte mit seinen Haaren. Auch die Frisur von Philipp, der ihm auf den Balkon gefolgt war, wurde umgehend zerzaust. Einzig in Thomas' Gelmatte rührte sich kein Haar. Viele Meter unter sich konnten sie den Außenbereich des Fitnessstudios sowie eine kleine Minigolfanlage erkennen.

Sie verweilten einige Zeit auf dem Balkon und genossen es, dem stickigen Gefängnis ihrer unklimatisierten Innenkabine entkommen zu sein. Dann sagte Philipp: »Wir sollten mal unser Gepäck hier hochschaffen.«

Die anderen beiden nickten und sie alle verließen den Balkon wieder. Auf dem Weg zu ihrer alten Kabine sagte Andreas: »Du spuckst mir vielleicht ins Glas, Thomas, aber dafür spucke ich dir jetzt mal gehörig in die Suppe.«

Thomas hob melodramatisch die Arme: »Och nö. Jetzt lass mich doch wenigstens mal den Moment genießen. Wir haben gerade für lau ein gigantisches Upgrade bekommen.«

»Ja«, sagte Andreas, »aber ich will ja nicht, dass dir die gute Laune zu Kopf steigt.«

Sie erreichten die Tür mit der Aufschrift ›8079‹, öffneten sie und begannen, wild ihre Sachen in die Koffer zu werfen, was trotz der Enge der Kabine erstaunlich gut gelang.

»Du erinnerst dich vielleicht noch an eine Aufgabe«, begann Andreas, »die Philipp dir letztes Jahr gestellt hat. Du solltest nach ein wenig Hilfe zur Selbsthilfe fragen.«

Thomas rieb sich gedankenverloren die Wange. Halb abwesend sagte er: »Das war damals nicht lustig und wird es jetzt auch nicht werden.«

»Das sehe ich anders«, warf Philipp grinsend ein.

Andreas nickte: »Stimmt. Das war damals schon sehr witzig. Zumindest für uns. Aber keine Sorge, wir haben uns ja alle seitdem weiterentwickelt und es wäre wirklich sehr kindisch, dich jetzt nochmal danach fragen zu lassen, nicht wahr, Philipp?«

»Warum beruhigt mich das jetzt nicht?«, argwöhnte Thomas.

»Weil du uns einfach zu gut kennst«, antwortete Philipp.

»Du weißt ja gar nicht«, bestätigte Andreas, »wie recht du hast. Und dabei kennst du die Aufgabe noch gar nicht.«

»Was ist denn die Aufgabe?«, fragte Thomas nervös.

»Die Aufgabe«, antwortete Andreas, »ist, dass du hier an Bord zwanzig Damen anbaggern sollst. Und zwar mit den plumpsten Sprüchen, die dir einfallen. Du hast Zeit, bis wir die nächste Insel erreichen.«

Energisch schloss Thomas den Reißverschluss an seinem Koffer. »Hier an Bord begegnet man sich doch ständig wieder. Kann ich dafür nicht wenigstens an Land gehen? Dann werde ich nicht ständig wiedererkannt.«

»Sieh es doch mal so«, sagte Philipp, »hier an Bord sind über achttausend Menschen und du bist der eine, an den man sich auf jeden Fall erinnern wird.«

»Toll. Aber erst mal gucke ich mir von unserem neuen Balkon aus an, wie das Schiff ablegt«, sagte Thomas und verschwand mitsamt seinem Koffer aus der Kabine. Andreas und Philipp folgten ihm. Philipp machte einen Abstecher an eine der zahlreichen Bars auf dem Schiff, wo er für sich einen Singapur Sling und für seine beiden Freunde jeweils ein Flaschenbier holte. Gemeinsam stießen sie, als die Auslaufmelodie erklang und sich der Kreuzer in Bewegung setzte, auf die neue Kabine an.

Noch bevor die letzten Trompetentöne verklungen waren, hatte Thomas seine Flasche geleert und verkündete: »Na dann wollen wir mal.«

Er ließ die Fingerknöchel knacken, gönnte sich einen Sprühstoß Mundwasser und verließ Kabine 15038, um zur Tat zu schreiten. Andreas und Philipp folgten ihm. Sie mussten ja überwachen, dass Thomas die Aufgabe korrekt ausführte. Außerdem wollten sie auf keinen Fall verpassen, wie ihr Freund sich einen Korb nach dem anderen und vielleicht auch die eine oder andere Ohrfeige abholte.

Mit dem Aufzug fuhren die drei Freunde auf das Sonnendeck hinauf, von wo aus sich Thomas Stück für Stück weiter runter arbeiten wollte. Den Anfang machte er an einem runden Tisch an der Bar, wo vier Damen weit jenseits der Siebzig gemütlich bei einem Kaffee zusammensaßen. Ohne Rücksicht auf Verluste setzte sich Thomas auf den letzten freien Stuhl an dem Tisch und fragte in einer Geschwindigkeit, bei der selbst Andreas und Philipp mit etwas Abstand Schwierigkeiten hatten, ihn zu verstehen, in die Runde: »Guten Tag, ich bin Möbelpacker. Kann ich Ihnen beim Ausziehen helfen? Außerdem bin ich Arzt und würde Sie gerne über Nacht zur Beobachtung da behalten. Sind Ihre Eltern Architekten? Denn Sie sind verdammt gut gebaut. Wenn Sie mich kennen lernen wollen, müssen Sie sich beeilen, denn ich gehe gleich wieder.«

So schnell wie er sich gesetzt hatte, war Thomas wieder aufgestanden und in der Menge verschwunden. Die alten Damen blickten sich verwirrt an.

»Was war das denn gerade?«, fragte eine von ihnen.

»Der unhöfliche Bengel hat sich nicht mal vorgestellt«, sagte eine andere.

»Hihi, gut gebaut«, kicherte die dritte fröhlich und auf ihren Wangen zeichneten sich ganz leichte rosa Flecken ab.

Philipp und Andreas folgten ihrem Freund, um weiterhin nichts zu verpassen. Im Gedränge sagte Andreas zu Philipp: »Ich wusste schon immer, dass er ein Milfhunter ist.«

Philipp antwortete: »Ich glaube, aus dem Milf-Alter waren die vier schon raus.«

Thomas war am Heck des Schiffs angekommen. Unterwegs hatte er im Vorbeigehen einer Frau gesagt, wenn sie eine Kartoffel wäre, dann definitiv eine Süßkartoffel und einer anderen, er sei vom Pannendienst und würde sie gerne abschleppen. Jetzt hatte er ein Mutter-Tochter-Gespann entdeckt, das neben einer Deko-Laterne stehend die langsam hinter dem Schiff zurückbleibende Insel Lanzarote betrachtete. Er stellte sich hinter die beiden und sagte: »Es heißt ja immer, andere Mütter haben auch schöne Töchter, aber du hast eine echt schöne Mutter.«

»Also doch Milfhunter«, sagt Andreas drei Meter weiter leise zu Philipp.

Mutter und Tochter warfen sich einen Blick zu und fast zeitgleich trafen ihre Handflächen unsanft Thomas linke und rechte Gesichtshälfte.

Philipp stellte fest: »Das hat ja ganz schön lange gedauert dieses Mal. Ich hatte schon fast Angst, Thomas hätte vergessen, wie das mit den Ohrfeigen geht.«

»Mal sehen, wie viele er dieses Mal schafft«, antwortete Andreas.

Thomas ließ sich durch diesen Rückschlag nicht beirren und sprach die Tochter nun direkt an: »Glaubt du an Liebe auf den ersten Blick oder soll ich nochmal wiederkommen?«

»Glaubst du an Abfuhr auf die erste Ohrfeige oder soll ich nochmal ausholen?«, antwortete die Gefragte.

»Ganz schön *schlagfertig*«, sagte Thomas, dann suchte er das Weite.

»Seit wann hat der Junge denn so eine Courage?«, fragte Andreas Philipp, während sie ihrem Freund die Treppe hinab ein Deck tiefer folgten. Dort ging Thomas geradewegs in ein Restaurant, wo er sich neben eine junge Frau am Buffet stellte, die gerade Chili con Carne auf einen Teller füllte. Er wartete, bis sie ihn fragend ansah, dann sagte er: »Ganz schön scharf. Und das Essen erst...«

Die junge Dame verdrehte die Augen und füllte sich genervt einen weiteren Schöpflöffel Chili auf.

Leicht außer Atem fragte Andreas Philipp: »Was glaubt der Junge eigentlich, wie schnell wir den nächsten Hafen erreichen?«

Thomas setzte seinen Weg, gefolgt von den beiden anderen, fort. Andreas schnappte sich im Vorbeigehen vom Buffet zwei knusprige Brotstangen, von denen er eine galant an Philipp weiterreichte, der sofort genussvoll hineinbiss. Knabbernd beobachteten sie, wie Thomas das Restaurant auf der Suche nach weiteren Frauen wieder verließ und einige Decks tiefer auf das schiffseigene Fitnessstudio zusteuerte. Zu seinem Pech war dieses jedoch menschenleer, sodass er seine Suche im ein weiteres Deck tiefer befindlichen Bordcasino fortsetzte. Hier waren zwar einige Menschen, darunter auch drei Frauen, doch diese waren so sehr ins Glücksspiel vertieft, dass Thomas unverrichteter Dinge wieder abzog.

»Was war los?« fragte ihn Philipp, während sie eine weitere Treppe hinabstiegen.

»Störe niemals jemanden beim Zocken«, antwortete Thomas, »das mögen die gar nicht.«

Statt die Treppe auf dem nächsten Deck wieder zu verlassen, trabte Thomas die Stufen bis zum Ende hinunter. Er musste jedoch feststellen, dass Deck sechs nur noch Decks, auf denen ausschließlich Kabinen untergebracht waren, folgten, sodass die Jungs die Treppen wieder nach oben erklommen und das Treppenhaus auf Deck sechs, wo sich unter anderem die Rezeption befand, wieder verließen.

Im Durchgang vom Treppenhaus auf das Deck stieß Thomas fast mit einer Rentnerin zusammen, die er bei dieser Gelegenheit auch direkt fragte, ob sie nicht Lust auf eine Spritztour habe. Die Antwort wartete er jedoch nicht ab, sondern eilte stattdessen weiter den Flur entlang, vorbei an einem geschlossenen Souvenirshop und hinein in den sehr geschäftsmäßig wirkenden Bereich vor der Rezeption.

In einer runden Sitzgruppe entdeckte Thomas zwei junge Frauen, die mit dem Rücken zu ihm saßen. Er setzte sich in die benachbarte Sitzgruppe direkt hinter die beiden und fragte über seine Schulter hinweg: »Na, Praline, schon gefüllt?«

»Pralinen füllt man nicht mit Lauch, Thomas«, sagte die Angesprochene und drehte sich zu ihm um.

Thomas fiel fast die Kinnlade herunter. Er kannte sie. Zuletzt hatte er das Mädchen, das ihn von der benachbarten Sitzgruppe aus frech angrinste, vor fast zehn Monaten auf Mallorca gesehen. Die zu einem festen Zopf zusammengebundenen, blonden Haare, die eisblauen Augen und eine schwarze, eckige Brille. Die Brille war neu, aber das restliche Erscheinungsbild hatte sich auch bei ihr im letzten dreiviertel Jahr nur unwesentlich geändert.

»Le-Lena«, stotterte Thomas.

Das neben Lena sitzende Mädchen drehte sich ebenfalls um. Auch sie kannte er und fragte sie umgehend: »Und Kim, du Schnitte, schon belegt?«

»Schnitten werden auch nicht mit Lauch belegt«, konterte Kim.

Thomas sah sich um und entdeckte noch mehr bekannte Gesichter, die er zuvor im Eifer des Gefechts übersehen hatte: In der Schlange vor der Rezeption standen Marie und Viktoria. Von den drei anderen Mädchen, die er, Andreas und Philipp damals auf Mallorca getroffen hatten, fehlte jedoch jede Spur, deshalb fragte Thomas: »Wo ist denn der Rest von euch?«

Lena antwortete: »Anja hat keinen Urlaub bekommen und Johanna wird schnell seekrank, deswegen konnten sie nicht mitkommen.«

»Und Helena?« fragte Thomas betont beiläufig.

»Die hatte einfach keinen Bock auf dich« sagte eine blond gelockte junge Dame, die sich unbemerkt hinter Thomas geschlichen hatte. Er wirbelte herum und rief: »Helena!«

Er begrüßte sie mit einer ungelenken Mischung aus Umarmung und Händeschütteln, die irgendwie merkwürdig aussah, sich mit Sicherheit auch so anfühlte und aus der sich beide relativ schnell wieder lösten.

»Sag mal, kannst du eigentlich schwimmen? Ich würde dich nämlich gerne ins Becken stoßen« setzte Thomas seine Aufgabe fort.

Helena zog eine Augenbraue hoch und antwortete: »Du weißt doch, dass ich Rettungsschwimmerin bin...«

Mit einem breiten Grinsen im Gesicht ließ sie den leicht errötenden Thomas stehen, umrundete die Sitzgruppe und ließ sich neben Kim in die Polster fallen.

Andreas und Philipp, die die Szene mit einigem Abstand beobachtet hatten, sahen die Freundinnen der Reihe nach ungläubig und überrascht an. Philipp ging auf seine Freundin zu und sagte zögerlich, fast fragend: »Vicky.«

Sie fiel ihm zur Begrüßung um den Hals. Dann sagte sie mit einer gewissen Unsicherheit in der Stimme: »Überraschung?«

»Und was für eine!« nickte Philipp.

Nachdem sich die drei Jungs und fünf Mädchen vernünftig begrüßt hatten, klatschte Thomas in die Hände und sagte mit geschäftsmäßigem Ton: »Das ist ja alles sehr schön und ich freue mich auch wirklich total, euch zu sehen, aber ich habe hier noch einen Job zu erledigen.«

Er sah die Mädchen der Reihe nach an, dann fragte er erst Marie, dann Viktoria: »Waren deine Eltern Terroristen? Denn du bist so scharf wie eine Bombe. Und tat es bei dir eigentlich weh, als du vom Himmel gefallen bist?«

49

Ohne ein weiteres Wort entfernte sich Thomas auf der Suche nach weiteren Damen von der Gruppe. Andreas folgte ihm mit einem entschuldigenden Blick zurück in die Runde.

»Ihr spielt also doch wieder dieses Spiel?«, fragte Viktoria Philipp missbilligend. Dieser antwortete knapp: »Das besprechen wir später.«

Dann folgte er, ohne eine weitere Antwort oder Reaktion abzuwarten, seinen beiden Freunden. Diese hatten inzwischen eine weitere Bar erreicht, in der Thomas zielstrebig auf einen Stehtisch zusteuerte, an dem sechs Frauen, die allesamt auf die Vierzig zugingen und die der Lautstärke und dem wilden Gekicher nach bereits einige Stunden in der Bar verbracht hatten, auf gefährlich wackelnden Barhockern saßen. Aus der Nähe war erkennbar, dass eine von ihnen ein kleines, pinkes Krönchen trug, auf dem in verschnörkelter Schrift ›*Braut*‹ stand. Die fünf anderen hatten auf ihren einheitlichen, ebenfalls pinken T-Shirts die Aufschrift ›Brautiguards‹.

Ohne auf eine entsprechende Einladung zu warten, stellte Thomas sich zu den sechsen an den Tisch, wartete, bis ihn alle ansahen, leckte dann demonstrativ an seinem Finger, tippte der links neben ihm Stehenden auf die Schulter und sagte: »Jetzt aber schnell raus aus den nassen Klamotten.«

Die Brautiguards nebst Braut brachen in ohrenbetäubendes Kichern und Quiken aus. Von zahlreichen der ohnehin schon genervten Bargästen der Nachbartische wurden missbilligende Blicke herübergeworfen, doch Thomas ließ sich von alledem nicht beirren. Angestachelt von der alkoholgeschwängert positiven Reaktion auf seinen ersten Spruch, wandte er sich der nächsten Dame zu: »Ich hab meine Telefonnummer vergessen, kannst du mir vielleicht deine geben?«

Die Angesprochene hob ihre rechte Hand. Thomas ging instinktiv in eine geduckte Haltung, doch sie zeigte ihm nur den

Ring an ihrem Finger. Thomas nickte. Dann drehte er sich zum dritten Mitglied des Teams Braut um und sagte mit erster Stimme: »Hören Sie, gute Frau: Ich glaube, es gibt Krieg. Mein Säbel juckt.«

Erneut brach die Truppe in schallendes Gelächter aus.

»Dann solltest du«, krächzte die vorm Krieg Gewarnte zwischen ihren Lachsalven, »deinen Säbel vielleicht mal waschen.«

In sicherer Entfernung ließen sich auch Philipp und Andreas zu einem Lacher hinreißen.

»Schade eigentlich«, sagte Andreas, »dass die so gut drauf sind.«

Philipp nickte: »Ja, du hast recht. Wenn Thomas fleißig Backpfeifen sammelt, ist das alles noch eine Spur lustiger.«

Thomas setzte indes zum großen Finale seiner Aufgabe an. Die zwei weiteren Brautiguards ließ er links liegen, richtete den Blick direkt auf die Braut und sagte: »Drum prüfe, wer sich ewig bindet, ob sich nicht 'was besseres findet.«

Dabei zeigte er mit seinen beiden Daumen auf sich.

Bei der Braut konnte er mit diesem Spruch nicht punkten, die Brautjungfern jedoch johlten erneut auf und eine von ihnen hatte Schwierigkeiten, sich auf ihrem Barhocker zu halten. Thomas wandte sich zum Gehen, wurde jedoch nach zwei Schritten von einer der Brautiguards am Kragen gepackt und zurück an den Tisch gezogen.

»Nicht so schnell, Junge«, sagte sie, »du bleibst jetzt hier. Kellner, Tequila!«

Andreas beobachtete belustigt, wie sein Kumpel erfolglos versuchte, sich wieder von dem Tisch zu lösen und sagte zu Philipp: »Ich glaube, der sitzt da noch eine Weile fest. Was machen wir jetzt?«

»Naja, wo wir schon mal hier sind, kann ich ja auch an meiner Aufgabe weiterarbeiten«, sagte Philipp, trat an einen freien Stehtisch und winkte einen Kellner herbei.

Während sie auf ihre Getränke warteten, fragte Andreas: »Was bedeutet das denn jetzt für unseren Wettbewerb?«

»Was meinst du?«

»Naja«, erklärte Andreas seine Frage, »Vicky, Kim und die anderen wissen ja, warum wir uns so bescheuert verhalten. Dürfen wir also mit den Mädels über den Wettbewerb reden oder ist das auch gegen die Regeln?«

Philipp dachte kurz nach, dann antwortete er: »Ich denke, solange sie nicht Teil einer Aufgabe sind, ist das o.k.«

Duobus certantibus tertius gaudet

Drei verschiedene Cocktails später verließen Philipp und Andreas die Bar wieder. Thomas, der einige Tische weiter immer noch verzweifelt versuchte, sich von den Damen des Junggesellinnenabschieds loszureißen, blickte hilfesuchend zu ihnen herüber, als sie ihm fröhlich zum Abschied winkten und unter Deck verschwanden.

Andreas klatschte in die Hände und sagte: »Zeit für's Abendessen.«

»Gute Idee«, antwortete Philipp, »wie wäre es mit Asiatisch?«

»Vergiss es«, antwortete Andreas knapp. Er schlug stattdessen ein Burgerrestaurant vor, hiergegen legte jedoch Philipp sein Veto ein. Die beiden einigten sich schließlich auf ein Buffetrestaurant mit dem Namen ›Marina‹. Sie schickten eine Nachricht an Thomas und die Mädchen, damit sie alle, wenn Thomas es doch noch schaffen sollte, sich von der Braut und ihren Brautiguards loszureißen, gemeinsam speisen konnten. Dann nahmen sie eine Treppe, um ein Deck höher zu gelangen und betraten mit wässerigen Mündern das auserkorene Buffetrestaurant.

Jeweils mit einem Teller bewaffnet, flanierten sie an den aufgereihten Speisen entlang und pickten sich die besten Leckerbissen heraus. Sie steuerten mit ihren Tellern auf einen großen Tisch zu, an dem bequem zehn Personen Platz finden konnten. Kaum dass sie sich hingesetzt hatten, erschien auch schon ein Kellner bei ihnen und eine vertraute Stimme fragte: »Was darf es denn heute sein?«

»Oh, Herr Sanddorn«, sagte Andreas überrascht und blickte in das Gesicht von Herrn Obst, der scheinbar seinen Dienst in täglich wechselnden Restaurants verrichtete, »ich nehme eine Cola und...«

»Und ich eine Zitronenlimonade«, ergänzte Philipp breit grinsend.

Herr Obst nickte und verschwand zwischen den Tischen. Andreas sah Philipp irritiert an: »Warum ist der nicht beim Asiaten?«

Noch bevor Philipp antworten konnte, ließ sich Thomas auf einen der freien Stühle an ihrem Tisch fallen. Seine Haare wirkten ein wenig zerzaust und auf seiner Wange war ein leichter Lippenstiftabdruck zu erkennen. Er wirkte erschöpft und entnervt.

»Das war hart. Was für eine Scheiß-Aufgabe«, stöhnte er.

Philipp grinste. Altklug sagte er: »Dura lex, sed lex.«

»Noch so ein Spruch und du zahlst die Reise«, giftete ihn Thomas überraschend heftig an.

»Soll das heißen...?«, fragte Philipp.

»Das soll heißen«, sagte Thomas gereizt, »dass du den Rest des Urlaubs nur noch deutsch sprechen darfst. Ein Wort in fremden Zungen und du hast verloren. Aber das macht dir bestimmt nichts, denn pecunia non olet. Nicht wahr, du Klugscheißer?«

Andreas blickte belustigt von einem zum anderen. Dann sagte er: »Recht hat er ja. Deine lateinischen Weisheiten gehen mir auch auf die Nerven. Lernt man das bei euch im Studium oder ist das eine kölsche Eigenart?«

Philipp zuckte mit den Schultern: »Schade, ich war mit meinem Latein noch nicht am Ende.«

Thomas sog mit bebenden Nasenflügeln Luft ein, besann sich dann aber eines Besseren, atmete tief durch und sagte ein wenig entspannter als zuvor: »Das ist zwar eine ziemlich lahme Aufgabe, aber wenn ich dann meine Ruhe habe, ist es das definitiv wert.«

»Meinst du nicht«, erwiderte Philipp, »dass ich auch das eine oder andere Sprichwort in meiner Muttersprache zum Besten geben kann?«

»Wenn zwei sich streiten, freut sich der Dritte«, stellte Andreas fest.

»Das habe ich anders gelernt«, widersprach Philipp. »Wenn zwei sich streiten, freut sich der Rechtsanwalt.«

Thomas öffnete den Mund, um eine vermutlich bissige Antwort zu geben, doch bevor er dazu kam, stellte Helena einen gut gefüllten Salatteller auf den Tisch und setzte sich neben Thomas. Nur Sekunden später ließ sich Viktoria neben Philipp nieder. Nach und nach folgten auch die drei anderen Mädchen und gemeinsam nahmen sie ihr Abendessen ein.

Herr Obst erschien wieder am Tisch, um Philipp und Andreas ihre Getränke zu bringen und die Wünsche der anderen entgegenzunehmen. Andreas bedankte sich und nannte ihn Papaya. Im weiteren Verlauf des Essens folgten noch die Bezeichnungen Dattel, Litschi und Kumquat.

In einem langen Gespräch tauschten sich die Jungs mit den fünf Mädels, die sie mit Ausnahme von Viktoria seit ihrem letztjährigen Sommerurlaub auf Mallorca nicht mehr gesehen hatten, darüber aus, was sich in der Zwischenzeit in ihren Leben alles getan hatte, schwelgten in Erinnerungen an den letzten gemeinsamen Urlaub und schmiedeten Pläne für die weitere Reise.

So kam unter anderem der Vorschlag auf, am nächsten Tag einen Ausflug zum Strand und den Dünen von Maspalomas machen, und Helena, Viktoria und Marie wollten sich dem Canyoning der Jungs auf Madeira anschließen.

Nach dem Abendessen, das für Philipp mit einem großen Weizenbier endete, schlug Viktoria ihm in einem Tonfall, der keinen Widerspruch duldete, vor, einen Abendspaziergang an Deck zu machen.

Die beiden verließen gemeinsam den Tisch und begaben sich zum nächsten Fahrstuhl. Begleitet wurden sie dabei von der Stimme der Kapitänin, die alle neu Zugestiegenen und auch die wieder Zugestiegenen an Bord begrüßte und ankündigte, in wenigen Minuten ablegen zu wollen. Anschließend wies sie noch auf das Unterhaltungsprogramm an Bord und auf die gleich beginnende Show auf der großen Bühne in der Mitte des Schiffs hin.

Philipp und Viktoria traten aus dem Fahrstuhl, gingen einige Schritte durch das Schiffsinnere und traten dann durch eine Schiebetür ins Freie. Große Teile der Insel und des Hafens lagen bereits im Schatten und mit dem Wind wurde es allmählich frisch auf dem höchsten Deck des Schiffs. Doch noch ließ es sich hier aushalten, sodass die beiden langsam in Richtung des Schiffshecks schlenderten, um von dort den Sonnenuntergang über der Insel und das Ablegen der MS Schwalbe beobachten zu können.

»Es ist wirklich in Ordnung für dich, dass wir hier sind?«, fragte Viktoria vorsichtig. Philipp legte seinen Arm um ihre Schulter, nickte und sagte: »Natürlich. So muss ich mich nicht zwischen einem Urlaub mit dir oder den Jungs entscheiden. Es ist nur...«

Viktoria sah ihn fragend an: »Was?«

»Der Wettbewerb. Ich bin mir sicher, dass die beiden dich gegen mich verwenden werden.«

»Der Wettbewerb«, wiederholte Viktoria. Ihre Gesichtszüge verhärteten sich ein wenig. Das sah auch Philipp und versuchte, seine Freundin zu beschwichtigen: »Ich weiß, ich habe gesagt, dass wir dieses Mal nicht spielen...«

»Und ich weiß, dass ich mit einem Trottel zusammen bin«, antwortete Viktoria. »Natürlich war mir klar, dass ihr wieder spielen würdet. Ich hätte nur ein bisschen mehr Ehrlichkeit von dir erwartet.«

Sie sah ihn vorwurfsvoll an. Philipps Hand strich langsam erst ihre Schulter, dann ihren Rücken hinunter. Schließlich antwortete er kleinlaut: »Wie du schon gesagt hast: Ich bin ein Trottel. Manchmal vergesse ich einfach, mit was für einer wundervollen Frau ich zusammen bin. Entschuldige bitte.«

Viktoria blickte ihm noch einen Moment unergründlich in die Augen, dann sagte sie: »Sieh einfach zu, dass du dieses Mal gewinnst.«

»Ich gebe mein Bestes«, sagte Philipp.

Schweigend legten sie das letzte Stück des Weges bis zum Heck zurück. Nadine kam ihnen, ins Gespräch mit einem Kollegen vertieft, entgegen. Sie nahm keine Notiz von Philipp und seiner Freundin. Zu sehr war sie damit beschäftigt, sich über ihren Dienstplan für den nächsten Tag aufzuregen.

Philipp sah ihnen nach. Auf seinem Gesicht breitete sich ein Lächeln aus.

»Vielleicht ist es schon morgen so weit«, sagte er verheißungsvoll zu Viktoria. Die sah ihn fragend an, doch Philipp machte keine Anstalten, weitere Erklärungen abzugeben. Stattdessen fragte nun Viktoria: »Hast du mich die letzten zwei Tage vermisst?«

Philipp nutzte die Gelegenheit, ein wenig Süßholz zu raspeln und so auch den letzten Groll wegen des Wettbewerbs aus der Welt zu schaffen: »Jede Nacht in meinen Träumen sehe und fühle ich nur dich.«

Sie lehnten sich an die Reling und betrachteten die rasch hinter der Insel untergehende Sonne. Nicht weit von ihnen entfernt ertönte das Schiffshorn. Viktoria zuckte erschrocken von dem ohrenbetäubenden Dröhnen zusammen. Philipp schloss sie amüsiert in seine Arme und gemeinsam lauschten sie den sanften Klängen der Auslaufmelodie. Langsam setzte sich das Schiff in Bewegung und im Licht der letzten Sonnenstrahlen gaben sich die beiden einen innigen Kuss.

Ohne die wärmende Sonne und im Fahrtwind des immer schneller werdenden Schiffs wurde es jedoch zunehmend kälter im Freien und die beiden machten sich auf den Weg zurück ins Schiffsinnere. Dabei querten sie ein Shuffleboardfeld, das sie auf dem Hinweg gar nicht bemerkt hatten, auf dem nun jedoch eine Partie des typischen Kreuzfahrtspiels ausgetragen wurde.

»Das sollten wir demnächst auch mal machen«, schlug Philipp vor. Viktoria nickte, drängte ihn jedoch, schnell weiterzugehen. Vor der Schiebetür in den windgeschützten Innenbereich des Schiffs begegnete ihnen der Geschäftsmann wieder, den die Jungs bereits im Shuttle kennengelernt hatten. Dieses Mal telefonierte er angespannt und versuchte, seinem Gesprächspartner zu erklären, dass er bald auflegen müsse, weil das Schiff ablegte.

»Der kommt mit Sicherheit absolut tiefenentspannt aus dem Urlaub zurück«, mutmaßte Philipp.

Einige Decks tiefer trafen sie den Rest der Gruppe an einer Bar mittschiffs in der Nähe der großen Showbühne, von der Musik und Stimmengewirr zu ihnen herüberschallten.

»Warum guckt ihr euch nicht die Show an?«, fragte Viktoria als sie sich an den Tisch setzte.

»Das ist ein Musikquiz«, antwortete ihr Kim, »und die hatten schon angefangen, als wir da lang kamen.«

Philipp bestellte einen Gin Tonic und nutzte die Wartezeit, um sich Thomas ein wenig zur Brust zu nehmen. Er rückte ihm unangenehm nah auf die Pelle, dann sagte er mit ernster Stimme: »Was ich dir noch sagen wollte, Freundchen: Das hübsche Mädel da drüben ist meine Freundin. Und wenn du sie noch einmal anmachst, erst recht mit so einem dummen Spruch wie vorhin, muss ich dir leider die Fresse polieren.«

Thomas sah Philipp stumm in die Augen. Ließ seinen Blick zu Viktoria herüber wandern, dann wieder zurück zu Philipp. Dann sagte er nicht minder ernst: »Was ich dir noch sagen wollte, Pantoffeltierchen: Der hässliche Vogel da drüben ist Andreas, der hat mir die Aufgabe gegeben. Wenn du also ein Problem damit hast, dann klär das mit ihm.«

Philipp ließ von Thomas ab, nahm sein Getränk entgegen, prostete ihm zu und sagte: »Da hast du eigentlich recht. Wenn du nochmal meine Freundin anmachst, muss ich wohl Andreas schlagen.«

Thomas, der scheinbar gut mit diesem Ergebnis leben konnte, stieß mit Philipp an, vertiefte sich dann aber wieder in ein Gespräch mit Marie und Lena.

Das Sonnenbad

Das Erwachen am nächsten Morgen war für die Jungs deutlich angenehmer als am Tag zuvor. In ihrer neuen Kabine konnten sie über Nacht die Balkontür einen Spalt breit geöffnet lassen und auch die Belüftung funktionierte hier einwandfrei. Thomas hatte daher keine Ausrede für seine Kopfschmerzen, außer, dass er ja vom Junggesellinnenabschied dazu genötigt worden war, so viel Tequila zu trinken.

Philipp warf ihm beim Aufstehen eine Kopfschmerztablette auf das obere Bett, dann zog er die Balkontür ganz auf und trat in die Morgensonne Gran Canarias. Das Schiff hatte bereits angelegt und über ihnen stand die Sonne an einem strahlend blauen Himmel. Perfektes Wetter für den geplanten Strandausflug ans andere Ende der Insel. Die Insel selbst konnte er jedoch vom Balkon aus nur in Teilen sehen, da ihre Kabine auf der Seeseite des Schiffs lag.

»Frühstück?«, schlug Andreas vor, der frisch geduscht neben Philipp auf den Balkon trat.

»In welchem Restaurant?«, fragte Philipp.

Sie einigten sich auf das Restaurant, in dem sie bereits am Tag zuvor ihr Frühstück eingenommen hatten. Andreas ging schon einmal vor, während Philipp unter die Dusche verschwand. Thomas hingegen hatte, nachdem er die Kopfschmerztablette geschluckt hatte, die Augen noch einmal geschlossen.

Als Philipp das Zimmer verließ, weckte er Thomas erneut auf, damit auch dieser rechtzeitig für den Ausflug fertig wurde. Thomas rappelte sich auf und als auch er mit einiger Verzögerung das verabredete Restaurant erreichte, waren Andreas, Lena und Kim bereits fertig mit dem Frühstück.

Andreas fragte: »Geht es dir wieder besser?«

Thomas brummte: »Geht schon. Nach dem Frühstück bin ich wieder fit.«

»Ich gehe schon mal aufs Zimmer und packe meine Sachen für den Trip«, sagte Andreas und erhob sich.

Philipp blickte von seinem überaus großzügig belegten Lachsbrötchen auf und sagte mit vollem Mund: »Nö, laff mal. Kannft du dir sparen, du bleibft hier.«

»Warum?«, fragte Andreas während er sich wieder setzte.

Philipp schluckte seinen Bissen herunter, dann antwortete er wieder besser verständlich: »Erkläre ich dir gleich auf dem Zimmer. Jetzt lass mich erst mal in Ruhe essen.«

»Die zehn Lachse auf deinem Brötchen sollen ja schließlich nicht umsonst gestorben sein«, wurde auch Thomas langsam wieder munter.

Kim und Lena warfen sich einen amüsierten Blick zu: »Ihr habt euch im letzten Jahr wirklich kein Stück verändert.«

»Wie eine e-Funktion«, antwortete Thomas.

Er blickte ringsum in fragende Gesichter und winkte ab: »Mathematikerwitz. Habt ihr nicht mit gerechnet, was?«

»Zeit, zu gehen«, sagte Kim. Sie und Lena standen auf und verschwanden in Richtung Bug. Thomas sah ihnen kopfschüttelnd nach, dann fragte er die Jungs: »Wo ist eigentlich der Rest von denen?«

»Viktoria ist gegangen, kurz bevor du hier aufgeschlagen bist«, antwortete Philipp. Andreas ergänzte: »Und Helena und Marie sind-«

»Hier«, fiel ihm Marie ins Wort, stellte einen gut gefüllten Teller auf den Tisch und ließ sich auf einem der beiden gerade frei gewordenen Plätze nieder.

Helena schnappte sich den anderen Stuhl und erklärte: »Wir waren heute Morgen schon im Fitnessstudio und haben dabei etwas die Zeit vergessen.«

»Deswegen haben wir auch überlegt, vielleicht doch nicht mit nach Maspalomas zukommen«, sagte Marie.

»Was habt ihr stattdessen vor?«, fragte Thomas.

Helena antwortete in beiläufigen Tonfall: »Ach nichts. Vielleicht arbeiten wir hier an Bord etwas an unserer streifenfreien Bräune.«

Thomas ließ überrascht seine Gabel fallen, die geräuschvoll auf seinen Teller fiel, von dort über den Tisch rutschte und schließlich auf dem Restaurantboden landete. Amüsiert beobachtete Helena, wie Thomas rot angelaufen abtauchte und auf Gabelsuche ging.

Philipp schluckte den Rest seines Brötchens herunter, dann griff er das Gespräch wieder auf: »Das würde ich an eurer Stelle heute lassen.«

»Warum?«, fragte Marie.

»Weil«, antwortete Philipp, »Andreas die gleiche Idee hatte. Und das will ja nun wirklich keiner sehen.«

Marie und Helena warfen sich über den Tisch hinweg einen vielsagenden Blick zu, dann stimmten sie Philipp zu.

Andreas hob protestierend die Arme.

»Ja sorry, ist doch so«, insistierte Philipp.

»Und seit wann habe ich diesen Plan?«, fragte Andreas mit hochgezogener Augenbraue nach.

Philipps Mundwinkel zuckte süffisant, als er antwortete: »Seit du erfahren hast, dass Nadine dort heute Dienst hat. Sag bloß, das hast du schon wieder vergessen?«

Thomas tauchte mit seiner Gabel in der Hand wieder am Tisch auf und grinste ebenso breit in die Runde wie Philipp.

»Wer ist Nadine?«, fragte Helena.

Philipp antwortete: »Ein Crewmitglied. Jung, hübsch, genau Andreas' Typ.«

»Andreas' Typ ist alles, was weiblich ist«, korrigierte ihn Thomas.

»Sagte der Ladyboy-Aufreißer«, erwiderte Andreas knapp und mit finsterer Miene.

Jetzt kam auch von Marie und Helena ein leichtes Glucksen. Das Grinsen in Thomas' Gesicht hingegen erlahmte etwas. Helena fragte Thomas: »Hast du eigentlich noch Kontakt zu Diana?«

»Nein«, antwortete Thomas nachdrücklich, legte die Gabel in sein halb aufgegessenes Rührei und stand auf.

»Kommt ihr?«, fragte er die beiden anderen Jungs auffordernd. Philipp und Andreas verabschiedeten sich, dann folgten sie Thomas zu den Fahrstühlen.

»Was sollte der Quatsch jetzt wieder?«, fragte Andreas Philipp.

Die Aufzugtüren öffnete sich und Philipp sagte: »Ich wollte es dir ja eigentlich erst in der Kabine sagen. Das ist deine nächste Aufgabe. Während wir auf der Insel sind, wirst du dich im FKK-Bereich bräunen. Und falls Nadine dich fragt, was du da machst, kannst du ihr ja sagen, dass du extra für sie streifenfrei schön sein willst.«

»Da ist es mit einem bisschen Bräune nicht getan«, mischte sich Thomas ein. »Wie kommst du eigentlich darauf, dass Nadine dort Dienst hat?«

Sie erreichten Deck 15 und Philipp antwortete: »Ich habe gestern gehört, wie sie sich bei einem Kollegen darüber beschwert hat.«

»Meint ihr, das Personal muss da auch blank ziehen?« fragte Thomas.

»Keine Ahnung«, sagte Philipp, »aber Andreas wird uns mit Sicherheit heute Abend mehr erzählen können.«

In ihrer Kabine packten Philipp und Thomas ihre Rucksäcke für den Tagesausflug, Andreas hingegen schmierte sich besonders dick mit Sonnencreme ein und verließ dann lediglich mit Handtuch, Handy, einem Buch und beschämtem Blick die Kabine.

Kurze Zeit später folgten auch die beiden anderen Bewohner von Kabine 15038, jedoch nicht, um den FKK-Bereich auf Deck neunzehn, dem höchsten Deck des Schiffs, aufzusuchen, sondern um die MS Schwalbe einige Decks tiefer zu verlassen und gemeinsam mit Lena, Viktoria und Kim einen klapprigen Bus zu besteigen. Sie setzten sich in den hinteren Teil des klimatisierten Gefährts, das sich rasch füllte.

»Wo ist denn Andreas?« fragte Kim.

»Hat andere Pläne«, antwortete Thomas knapp.

Der Busfahrer ließ den Motor an und forderte mit einem ungeduldigen Armrudern die letzten Passagiere auf, doch bitte zügig einzusteigen. Unter den Nachzüglern war auch der nervöse Geschäftsmann, der jedoch heute im lässigen Strandoutfit und ganz ohne Handy in der Hand zustieg. Ihm folgten zur Überraschung der kleinen Gruppe im hinteren Teil des Busses Helena und Marie, die jedoch nur noch direkt hinter dem Busfahrer einen Platz fanden.

Die Türen schlossen sich und mit halsbrecherischer Geschwindigkeit jagten sie über die größte und namensgebende Insel der Kanaren. Mehr als einmal kreischte jemand auf, weil die Fensterfront des Busses nur mit wenigen Zentimetern Abstand an einem Straßenschild oder entgegenkommenden LKW vorbeischrammte. Auch Stoppschilder oder rote Ampeln schienen für den Fahrer eher eine Art grobe Empfehlung des Verkehrsministeriums zu sein, denn das Gefährt blieb auf der gesamten Strecke nicht ein einziges Mal stehen. Statt der in der Tourbeschreibung der Reederei angegebenen Fahrzeit von etwa einer Stunde erreichten sie Maspalomas dank der Wer-bremst-verliert-Mentalität ihres Busfahrers in weniger als vierzig Minuten. Im Ort selbst wurde es dann noch einmal besonders nervenaufreibend, denn die teilweise sehr engen Gassen boten kaum genug Platz, dass zwei Kleinwagen aneinander vorbeipassten. Das interessierte den Busfahrer jedoch freilich nur wenig, denn mit seiner eingebauten Vorfahrt quetschte er sich, immer auf der Jagd nach einer neuen Bestzeit, durch jede noch so schmale Passage und wer dumm genug war, ihm entgegenzukommen, konnte froh sein, falls er rechtzeitig eine Hofeinfahrt fand, um auszuweichen.

Endlich und zur allgemeinen Überraschung unversehrt und unfallfrei am Strand angekommen, verließen die Ausflugsteilnehmer trotz gut funktionierender Klimaanlage den Bus leicht verschwitzt.

Etwas überdramatisiert fiel Philipp am Straßenrand auf die Knie und küsste den Boden.

Marie, die mit Helena im Schlepptau vom vorderen Teil des Busses zu ihren Freunden herüberkam, fragte: »Bist du jetzt zum Papst geworden?«

Thomas sagte: »Und ich dachte, diese Lippen küssen nur Viktoria.«

»Und ich dachte«, mischte sich Marie ein, »wir gehen erst einmal an den Strand, bevor Nikki Lauda hier auf die Idee kommt, ausparken zu wollen.«

Die Truppe setzte sich in Bewegung und Thomas fragte grinsend in die Runde: »Wisst ihr übrigens, wie die Mutter von Nikki Lauda heißt?«

Doch da niemand auf die Frage reagierte, verflog das Grinsen aus seinem Gesicht wieder und er trottete stumm den anderen hinterher. Einige Meter vor sich konnten sie beobachten, wie der heute gar nicht so geschäftige Geschäftsmann an einem kleinen Kiosk stehen blieb und eine interessante Auswahl an Strandtüchern mit äußerst vulgären Motiven in Augenschein nahm.

Sie passierten den Leuchtturm von Maspalomas und machten auf dem dahinter liegenden, langen Steg einige Fotos. Dann setzten sie ihren Weg fort und erreichten sie den östlichsten Ausläufer des mehrere Kilometer langen Strandes, der irgendwo weit hinter den Dünen zum Playa del Inglés wurde. Sie streiften ihre Schuhe ab und marschierten durch den warmen Sand in Richtung der Dünen, bis sie eine vermeintlich windgeschützte Ecke erreichten, in der sie ihre Strandtücher ausbreiteten und die Lage sondierten. Während die Mädels sich auf ihren Tüchern in der Sonne räkelten, holte Philipp aus seinem Rucksack einen kleinen Gummiball, den er in die Tasche seiner Badeshorts steckte. Dann stürmten er und Thomas zielstrebig in die vor ihnen liegenden türkisblauen Fluten. Als er etwa bis zur Brust im Wasser stand, holte Philipp den Ball aus seiner Tasche und warf ihn zu Thomas herüber. Dabei rief er laut: »Laurenz!«

Lässig fing Thomas den Ball mit einer Hand. Grinsend sagte er zu Philipp: »Du hast da was verwechselt. Die Mädels liegen am Strand.«

Philipp schlug sich mit der Hand vor die Stirn und sagte: »Ach so. Ich wusste doch, dass ich irgendwas vergessen habe. Wir rufen ja nur Laurenz, wenn ein heißes Girl in der Nähe ist.«

Dieses Spiel hatten die beiden bereits vor einem Jahr auf Mallorca gemeinsam mit Andreas gespielt, um leichter junge

Damen kennen zu lernen. Wenn eine solche in der Nähe war, wurde der Ball *aus Versehen* in ihre Richtung geworfen, damit man sich entschuldigen und dadurch ein Gespräch beginnen konnte. Damit auch alle drei Bescheid wussten und nicht schon vorher den Ball aus der Luft fischten, hatten sie das Codewort ›Laurenz‹ vereinbart. Der Erfolg dieses Spiels war jedoch auch damals schon eher überschaubar geblieben.

Da Andreas auf der MS Schwalbe zurückgeblieben war, warfen sich Philipp und Thomas jetzt den Ball nur ganz normal zu, ohne dass ihr legendärer Schlachtruf dabei allzu oft zu hören war. Nach ihrem ersten kleinen Sonnenbad gesellten sich auch die Mädchen dazu und gemeinsam schmissen sie sich bei waghalsigen Ballwürfen und abenteuerlichen Fangversuchen in die Wellen.

Mit verschrumpelten Fingern verließen sie das Wasser erst knapp eine Stunde später wieder. Zum Trocknen legten sie sich auf ihre Strandtücher, die durch den stetigen Wind jedoch zwischenzeitlich sandbeweht waren.

»Ich wollte eigentlich einen Spaziergang durch die Dünen machen«, sagte Helena, »aber ich habe gerade gesehen, dass das alles Naturschutzgebiet ist.«

»Vielleicht gehen wir stattdessen ja am Strand entlang bis Playa del Inglés?«, schlug Marie vor.

»Das würde ich an eurer Stelle lassen«, sagte Philipp.

»Warum?«, fragte Helena.

»Weil«, antwortete Philipp, »ihr dann auch genauso gut auf dem Schiff Andreas hättet Gesellschaft leisten können.«

Helena sah ihn fragend an. Lena klärte sie auf: »Das ist FKK-Gebiet. Und wenn ich so sehe, wer hier an uns vorbei in diese Richtung geht, würden wir den Altersschnitt dramatisch senken.«

Thomas blinzelte im Sonnenlicht: »Was macht Andreas wohl gerade?«

Philipp kramte in seinem Rucksack nach seinem Handy. Er zog es hervor und sagte: »Gute Frage. Wir sollten das mal überprüfen.«

Er öffnete die App für Video-Anrufe und wählte die Nummer von Andreas. Es dauerte einige Sekunden, bis dieser den Anruf annahm. Thomas und die Mädchen versammelten sich vor Philipps Telefon.

Auf dem kleinen Bildschirm sahen sie nur das missmutige Gesicht von Andreas, der sich das Telefon sehr nah vor die Nase hielt.

»Was gibt's?« fragte er ruppig.

Philipp antwortete: »Nichts. Ich wollte nur mal sehen, ob du deine Aufgabe auch tatsächlich erledigst.«

Andreas sah sich kurz um, dann drehte er das Telefon leicht zur Seite, sodass Philipp und die anderen auf dem Bildschirm den blickundurchlässigen Windfang des neunzehnten Decks sehen konnten.

»Ok«, sagte Philipp, »du bist da, wo du sein sollst. Aber bist du auch nackt?«

»Soll ich mal mit der Kamera runter gehen?« fragte Andreas provokativ. Von den Mädchen, die sich hinter Philipp drängten, kamen einstimmig Laute der Ablehnung.

Andreas zuckte mit den Schultern: »Dann halt nicht. Helena, Marie, ihr könnt echt froh sein, dass ihr doch den Ausflug gemacht habt.«

»Warum?« fragte Helena.

Andreas antwortete: »Weil das hier echt kein schöner Anblick ist. Warum ziehen sich eigentlich immer nur die Leute aus, von denen man es am wenigsten hofft?«

»Das wird sich Nadine bei dir wohl auch schon gefragt haben«, antwortete Thomas. »Hast du dich denn schon gut mit ihr unterhalten?«

Andreas' Unterlippe zuckte kurz, dann sagte er: »Deine Laune ist mir ein bisschen zu gut. Tu mir doch mal einen Gefallen und hol deine Bordkarte. Dann gehst du ein paar Meter ins Meer, wirfst sie so weit weg wie du kannst und vergisst, dass du jemals eine hattest.«

»Warum sollte er das tun?«, fragte Kim.

»Weil das seine nächste Aufgabe ist«, antwortete Andreas. »Und wenn ihr nachher zurück an Bord kommt, muss er sich beim Personal als der Depp zu erkennen geben, der er schon immer war.«

Süffisant grinsend schaltete Andreas sein Handy wieder aus. Er lehnte sich in seinem Liegestuhl zurück, griff nach dem neben ihm stehenden Drink und leerte diesen. Mit einem Fingerzeig bedeutete er Nadine, die gerade mit einem leeren Tablett um den Windfang trat, dass er gerne einen weiteren bestellen würde. Nadine nickte, drehte auf dem Absatz um und kehrte wenige Minuten später mit einem gefüllten Glas zurück. Sie stellte es neben Andreas ab, platzierte das leere auf ihrem Tablett und schien währenddessen sehr darauf bedacht zu sein, Andreas ausschließlich in die Augen zu sehen.

Andreas sah ihr nach, während sie mit ihrer weißen Uniform zum nächsten Liegestuhl ging, um dort ebenfalls ein leeres Glas einzusammeln. Außer ihm und Nadine waren tatsächlich nur vier weitere Personen auf Deck neunzehn zugegen. Und jeder dieser vier Sonnenbadenden war mindestens doppelt so alt wie Andreas. Bei einem besonders verschrumpelten Mann, der seit über eine Stunde reglos in der Sonne auf dem Bauch lag, bestand sogar die Chance, dass dieser doppelt so alt war wie Andreas und Nadine zusammen. Andreas trank noch einen Schluck, dann schloss er die Augen und ließ sich weiter die Sonne auf den Wanst scheinen.

Eine neue Freundin

Der Bus hielt nach einer nicht weniger nervenaufreibenden Rückfahrt vor dem Anleger und ein erleichtertes Aufatmen ging durch die Reihen. Philipp, Thomas und die Mädchen, die erneut Plätze im hinteren Teil des Busses eingenommen hatten, ließen erst alle anderen Ausflügler den Bus verlassen. Darunter auch eine Frau, die sich mit fahlem Gesicht beim Aussteigen sogar eine Hand vor den Mund hielt und bemerkenswert schnell hinter den Bus verschwand.

Als auch sie schließlich das Gefährt verließen, sagte Philipp: »Die sollten eine komplette Inselrundfahrt mit dem Kerl als Abenteuertrip anbieten. Teilnahmevoraussetzung: Ein vollständiges Testament.«

»Und ein kräftiger Magen«, ergänzte Lena mit Blick auf die Frau mit dem fahlen Gesicht, die sich den Mund abwischend wieder hinter dem Bus hervorkam.

Vor der Gangway wartete ein Crewmitglied und kontrollierte die Bordkarten der wieder an Bord Gehenden. Die Mädchen und Philipp holten ihre hervor und Thomas trat mit gesenktem Blick ans Ende der Schlange. Doch Philipp ließ es sich nicht nehmen, direkt nachdem er kontrolliert worden war, auf seinen Kumpel zu warten und diesen hinter dem Rücken des Kontrolleurs schadenfroh anzugrinsen.

»Hi, ich bin der Depp, der seine Karte unterwegs verloren hat«, stellte sich Thomas vor. Der Schiffsangestellte musterte ihn, dann nahm er sein Funkgerät vom Gürtel, ging einige Schritte zur Seite und sprach hinein. Er wollte wohl nicht, dass die Passagiere das Gespräch mitbekamen, doch es waren ziemlich deutlich die Worte ›schon wieder‹, ›Volltrottel‹ und ›Idiotentest‹ zu hören. Er beendete das Gespräch, kehrte zu Thomas zurück und sagte mit ölig-freundlicher Stimme: »Sie werden gleich von einer Kollegin abgeholt und zur Rezeption begleitet. Wir müssen Ihre Personalien feststellen. Können Sie sich ausweisen?«

Thomas antwortete zerknirscht: »Mein Ausweis ist in der Kabine.«

»Das ist schlecht«, sagte der Kontrolleur. »Aber das besprechen Sie besser gleich mit den Kollegen an Bord.«

»Er kann meinen Ausweis holen«, sagte Thomas und deutete an dem Kontrolleur vorbei auf Philipp, der mit theatralischer Abschiedsgeste und seiner Bordkarte winkend die Gangway hinaufspazierte und im Inneren des Schiffs verschwand. Philipp wartete auf den Fahrstuhl, der mit einem ›Ping‹ hielt und aus dem, als sich die Türen öffneten, Nadine trat. Sie sah ihn halb überrascht, halb belustigt an und sagte: »Dann kann ich mir ja schon denken, wer mich draußen erwartet.«

Philipp nickte und verschwand im Fahrstuhl. Er ging auf direktem Weg auf die Kabine, wo er nach Thomas Koffer griff und diesen nach dem benötigten Ausweis durchsuchte. Gerade als er ihn gefunden hatte, öffnete sich die Kabinentür und Andreas trat, nur mit einem lässig um die Hüften geschwungenen Handtuch bekleidet, ein.

»Hab euch ankommen sehen. Wie läuft es bei Thomas?«

»Muss sich ausweisen, sonst wird er abgewiesen«, antwortete Philipp und klatschte mit Thomas' Ausweis in seine Handinnenfläche.

Andreas verschwand im Bad, um sich anzuziehen und rief durch die geschlossene Badezimmertür: »Dann solltet du ihm den wohl bringen. Aber warte bitte noch kurz auf mich, den

Spaß will ich nicht verpassen. Dauert auch nur noch ein paar Minuten.«

»Lass dir ruhig Zeit«, antwortete Philipp, ließ sich auf sein Bett fallen und warf den Ausweis mehrmals über sich in die Luft, nur um ihn danach wieder aufzufangen. Er hörte jedoch damit auf, als der Ausweis ihn schmerzhaft an der Schläfe erwischte.

Nachdem Andreas wieder vollständig bekleidet war und unnötig lange seine sogenannte Frisur gerichtet hatte, schlenderten er und Philipp aufreizend gemächlich die Gänge entlang zur Rezeption. Dort wurden sie bereits von einem nervösen Thomas und einer gestresst wirkenden Rezeptionistin erwartet. Nadine war schon wieder verschwunden.

Philipp überreichte den Ausweis, Thomas erhielt eine Standpauke und schließlich auch seine neue Bordkarte, dann durften die Jungs unter den tadelnden Blicken der Rezeptionistin wieder von dannen ziehen.

»Bis zum Abendessen sind es noch drei Stunden. Was machen wir so lange?« fragte Andreas.

»Ich würde gerne«, antwortete Philipp, »an meiner Aufgabe weiterarbeiten und eine Bar aufsuchen. Welche, dürft ihr aussuchen.«

»Wir können ja ein wenig Karten spielen«, schlug Andreas vor.

Thomas sagte: »Gute Idee. Und du kannst uns erzählen, wie es mit Nadine war.«

Sie einigten sich auf eine etwas dunkler gestaltete Pianobar mit kleinen, runden Holztischen, auf denen urige Lampen in Wachskerzenoptik für eine fast schon romantische Stimmung sorgten. Nachdem sie ihre Drinks bestellt hatten und während sie auf Thomas warteten, der die Spielkarten aus ihrer Kabine holte und seinen Ausweis wieder wegbrachte, fragte Andreas: »Was machen eigentlich die Mädels bis zum Abendessen?«

»Scheinbar hat dieses Schiff auch einen Spa-Bereich«, antwortete Philipp knapp.

Ihre Drinks wurden an den Tisch gebracht und Philipp bestellte direkt den nächsten Cocktail hinterher. Dann machte er sich gierig über den gerade vor ihm abgestellten her. Als Thomas sich wieder zu ihnen gesellte, hatte Philipp sein erstes Glas bereits geleert. Thomas teilte die Karten aus und ermunterte Andreas, nun doch endlich von seinem Tag auf Deck neunzehn zu erzählen.

»Ich weiß gar nicht, was daran so spannend sein soll«, antwortete dieser. »Also zunächst zu deiner Frage von heute Morgen: Das Personal ist auch da oben bekleidet. Dann habe ich heute aus nächster Nähe beobachten dürfen, wie aus Trauben Rosinen werden und ich habe festgestellt, dass Nadine einen wirklich beeindruckend starren Blick hat.«

»Das glaubst du vielleicht«, sagte Philipp.

»Wie meinen?«

»Er meint«, antwortete Thomas für Philipp, »dass sie bestimmt auch mal zu dir rüber geschielt hat. Das ist wie bei einem schlimmen Unfall. Man will nicht hinsehen, aber man muss.«

»Streich das ›wie‹«, sagte Philipp. »Nadine dürfte damit dann auch genug Elend gesehen haben.«

»Es würde mich nicht wundern, wenn wir die heute Abend auch an oder eher unter einer Bar finden«, pflichtete Thomas ihm bei.

Der Kellner brachte Philipp einen weiteren Cocktail, dieses Mal ein vierfarbiges, mit Früchten und Zuckerrand garniertes Exemplar, das schon beim Ansehen Karies und Diabetes verursachte. Philipp bedankte sich. Dabei fiel sein Blick auf das Namensschild des Kellners. Gedankenverloren murmelte er den Namen, der darauf stand: »Bartel.«

Der Kellner verließ den Tisch. Philipp öffnete auf seinem Handy die Getränkekarte und sagte, während er diese zum wiederholten Male studierte: »Das führt uns zu der Frage, was wir heute Abend machen wollen.«

»Nadine sagt, die Show im Theater lohnt sich heute«, erklärte Andreas, sammelte die Spielkarten ein und mischte erneut. Unter dem Mischen fragte er plötzlich: »Hey, Thomas, Lust auf ´ne Runde ›Zweiunddreißig-Heb-auf‹?«

Ohne eine Antwort abzuwarten, warf er Thomas den halbgemischten Kartenstapel entgegen und feixte in die Runde.

»Wie originell« murmelte Thomas, während er unter den Tisch abtauchte, um die zweiunddreißig Spielkarten wieder aufzuheben.

»Dann lasst uns das doch tatsächlich machen. Ich denke, die Mädels werden auch nichts gegen eine gute Show einzuwenden haben.«

Das Ende der nächsten Spielrunde bedeutete für die Jungs auch die nächste Runde Drinks. Thomas bestellte ein auf dem Schiff selbst gebrautes Bier, Andreas einen Dark-and-Stormy und Philipp einen jungen Apfelwein.

Einige alkoholische Drinks und noch mehr Spielrunden später wurde es schließlich Zeit fürs Abendessen. Die Jungs packten ihre Karten zusammen und erhoben sich. Philipp schwankte leicht zur Seite und musste sich sogar kurz an der Tischkante festhalten.

»Alles ok?« fragte Andreas.

»Jaja, ist nur der Seegang«, antwortete Philipp.

»Wir liegen noch im Hafen« stellte Thomas trocken fest.

Philipp sah ihn einige Sekunden lang mit leerem Blick an. Dann nickte er und sagte: »Lasst uns mal auf der anderen Seite rausgehen, da vorne an der Theke lang.«

»Warum das jetzt?«, fragte Thomas.

Philipp antwortete, während er leicht schwankend voranschritt: »Ich hatte doch vorhin diesen Apfelwein...«

»Und?«, fragte Thomas.

»Und jetzt will ich euch zeigen, wo der Bartel den Most holt.«

Einen unvermittelten und kräftigen, aber nicht unverdienten Schlag in den Nacken später führte Philipp seine beiden Freunde aus der Bar und in das Burgerrestaurant, in dem Andreas bereits am Abend zuvor dinieren wollte. Die Mädels begrüßten sie dort von einem großen Tisch aus mit frisch lackierten Fingernägeln und Marie mit einer neuen Frisur, die vor allem von Thomas direkt mit einem beiläufigen Kompliment bedacht wurde. Ihre schwarzen Haare waren geglättet und von einigen etwas helleren Strähnchen durchzogen, ähnlich wie bei Viktoria.

Auch Philipp überschüttete seine Freundin mit Komplimenten zu der gewählten Farbe ihrer Fingernägel. Ein knalliges Bonbonrosa, das die Jungs dazu veranlasste, Viktorias alten Spitznamen, ›Pinky‹, wieder aufleben zu lassen.

Während sie sich über die Burger nebst Beilagen hermachten, erzählte Andreas nun auch den Mädels von der Show, die abends stattfinden sollte und die ihm Nadine nachmittags nahegelegt hatte. Auch sie erklärten sich mit dem Plan der Jungs einverstanden und verabredeten, sich etwa eine Stunde später im Theater wieder zu treffen. Außerdem erklärten Lena und Kim den anderen, dass sie sich nach reiflicher Überlegung nun auch dazu entschieden hatten, am Canyoning-Ausflug auf Maderia teilzunehmen.

Nach dem Essen wollte Viktoria erneut einen romantischen Abendspaziergang mit Philipp machen, doch Thomas hatte andere Pläne. Viktoria hatte sich bei Philipps linken Arm untergehakt und steuerte mit ihm auf den Ausgang des Burgerrestaurants zu, da hakte sich Thomas zu Philipps Rechter unter, machte Philipp schöne Augen und sagte: »Sorry, Pinky, ich brauche ihn mal kurz.«

Viktoria verdrehte kurz die Augen, sah dann aber ein, dass es sinnlos war, zu widersprechen und gab ihren Freund frei. Philipp und Thomas verließen Arm in Arm das Restaurant und schlenderten den langen Flur entlang.

»Könntest du mich dann vielleicht wieder loslassen?« fragte Philipp, doch Thomas schüttelte den Kopf und antwortete: »Besser nicht, nach deinem Alkoholexzess vorhin. Außerdem haben wir ja starken Seegang...«

Schulterzuckend ergab sich Philipp seinem Schicksal und erst als sie auf dem Sonnendeck die Promenade entlang flanierten, ließ Thomas Philipps Arm wieder los. Das Abendessen aus drei Burgern schien ihm gut getan zu haben, denn er schwankte nicht mehr.

»Gibt es eigentlich einen bestimmten Grund für diesen Spaziergang oder gönnst du mir einfach keine gemeinsame Zeit mit meiner Freundin?« fragte Philipp.

»Ach bitte, ich gönne dir doch immer alles. Aber deine Freundin ist tatsächlich ein gutes Stichwort. Ich finde nämlich, dass ihr beiden etwas zu harmonisch miteinander seid, deswegen mischen wir jetzt mal ein bisschen durch. Du bist ab jetzt mit Lena zusammen. Das ist deine nächste Aufgabe. Und wenn ich mich richtig erinnere, ist sie ja sowieso dein Schicksal...«

»Findest du nicht, dass das etwas unverhältnismäßig ist?« fragte Philipp in einem Tonfall, der wohl Gelassenheit darstellen sollte, dabei jedoch ziemlich versagte.

Thomas presste die Lippen aufeinander und schüttelte den Kopf. Während die beiden schweigend nebeneinander hergingen, beobachteten sie die sich über der Insel langsam senkende Sonne. Und damit waren sie nicht die Einzigen. An der Reling standen zwei Damen, eine jüngere und eine ältere, die ebenfalls den Sonnenuntergang beobachteten. Kaum merklich, aber doch sehr zielsicher drängte Philipp Thomas, der die beiden noch nicht gesehen hatte, auf die Reling zu und stellte ihm, bei den beiden angekommen, ein Bein.

Thomas kam ins Stolpern und fiel der jüngeren der Damen fast in die Arme. Es war das Mädchen, dem Thomas gesagt hatte, sie habe eine schöne Mutter, und die er anschließend auch noch gefragt hatte, ob sie an Liebe auf den ersten Blick glaube. Ihrem Gesichtsausdruck nach erkannte auch sie Thomas wieder. Philipp goss noch etwas Öl ins Feuer und sagte mit ausreichendem Abstand: »Wirklich, Thomas, deine Flirtversuche werden immer schlechter.«

Thomas machte, wohl aus der Erfahrung, einen großen Schritt aus der Schlagdistanz des Mädchens heraus, dann sagte er kess: »Da bin ich wieder. Du hast ja nicht geantwortet.«

Den bösen Blick der Mutter im Nacken setzten Philipp und Thomas ihren Weg fort. Auch dieses Mal wieder, ohne eine Antwort von ihrer Tochter bekommen zu haben.

»Das war echt unnötig«, motzte Thomas Philipp an.

»Genau wie deine Aufgabe«, entgegnete dieser.

Sie beendeten ihre Runde über das Deck und kehrten zurück zur restlichen Gruppe, die inzwischen an der Showbühne mittig des Schiffs die besten Plätze für die bald startende Show gesichert hatte. Herr Obst steuerte auf die beiden Neuankömmlinge zu und nahm ihre Getränkewünsche entgegen. Philipp war in der Getränkekarte mittlerweile auf der Seite mit den Spezial-Cocktails der Reederei angekommen, von denen er sich direkt zwei bestellte. Thomas nahm nur ein Wasser, wofür er von allen am Tisch und sogar vom Kellner argwöhnische Blicke erntete. Er zuckte mit den Schultern und sagte: »Der Junggesellinnenabschied steckt mit noch in den Knochen.«

Herr Obst nickte verständnisvoll und ging dann wieder beflissentlich an die Arbeit, doch Andreas gab sich mit dieser Erklärung nicht so schnell zufrieden.

Bevor er jedoch weitere Nachfragen stellen konnte, setzte eine wilde Lichtshow ein und eine mit Bässen überladene Intromusik kündigte den Beginn der Show an. Die meisten Gespräche an den umliegenden Tischen verstummten und die Augen richteten sich auf die Bühne. Dort erschienen acht Tänzerinnen in neonorangenen Kostümen und führten unter effektreicher UV-Licht-Bestrahlung eine atemberaubende, teils akrobatische Choreografie zu Eurodance-Music der späten Neunziger und frühen Zweitausender auf. Zwischenzeitlich wurde das Ensemble noch durch zwei Hochseilartisten und eine Geigenspielerin unterstützt. Am Ende der fast eine Stunde andauernden Darbietung hielt es keinen der Zuschauer mehr auf den Sitzen. Lediglich Philipp stand etwas verspätet und leicht wackelig auf, da er während der Show weiter ambitioniert an seiner Aufgabe gearbeitet und immerhin fast ein Drittel der Seite mit den Reedereicocktails geschafft hatte.

Viktoria sah die unsicheren Bewegungen ihres Freundes und legte stützend ihren Arm um ihn. Philipp drückte ihn mit sanfter Gewalt weg und sagte: »Lassen Sie das! Sonst wird meine Freundin eifersüchtig.«

Eingeschnappt ließ Viktoria ihren Arm wieder sinken. Philipp drehte sich zu Lena und sagte: »Komm, ab ins Bett, Schatzi!«

Lena warf einen Seitenblick auf den schelmisch grinsenden Thomas und schien zu begreifen. Dann erwiderte sie: »Ne, lass mal lieber. Wir hatten uns doch auf getrennte Schlafzimmer geeinigt.«

Die Jungs und Mädels verabschiedeten sich voneinander und traten in entgegengesetzte Richtungen den Weg in ihre jeweiligen Kabinen an. Auf halber Strecke begann Andreas, geräuschvoll zu schmatzen und sagte schließlich kurz vor Erreichen der Kabine: »Ich habe eine ganz schön trockene Kehle. Wie ist es bei dir Philipp?«

Philipp pflichtete ihm bei: »Stimmt. Da sollte man was gegen tun.«

»Du hast es gehört, Thomas, tu was dagegen!«, forderte Andreas seinen Kumpel auf.

Thomas sah ihn mit zusammengepressten Lippen und hoch gezogener Augenbraue erwartungsvoll an.

»Also ich würde einen Portwein nehmen«, sagte Philipp.

»Du hast es gehört«, schloss sich Andreas an, »Portwein, zweimal.«

Leise vor sich hin fluchend, trabte Thomas zurück zur Bar, während Andreas und Philipp sich auf den Balkon ihrer Kabine setzten und bei einer angenehm warmen Brise auf die Wellen hinaussahen.

Nur wenig später klickte das Schloss der Kabinentür erneut und Thomas betrat mit zwei großzügig gefüllten Gläsern Portwein ebenfalls den Balkon. Das eine überreichte er Andreas, das andere streckte er Philipp entgegen, zog es jedoch, als dieser danach greifen wollte, wieder zurück und genehmigte sich selbst einen ordentlichen Schluck daraus.

»Sorry, Philipp, ich muss nur für Andreas den Sklaven spielen«, sagte er und nippte erneut demonstrativ am Glas.

Auch Andreas nahm einen Schluck und sagte: »Das tut mir jetzt aber leid.«

»Macht nichts«, sagte Philipp, »der Gedanke zählt. *Dir* mache ich keinen Vorwurf. Und vermutlich hatte ich für heute sowieso genug.«

Mit dieser Erkenntnis trat er vom Balkon zurück in die Kabine, schnappte sich eine Flasche Wasser von seinem Nachttisch und leerte diese zur Hälfte. Dann verschwand Philipp im Bad und legte sich einige Minuten später ins Bett. Es dauerte nicht lange, bis auch die beiden anderen den Balkon verließen und seinem Beispiel folgten.

Delfine!

Das nächste Ziel des Schiffs war die portugiesische Insel des ewigen Frühlings, Madeira. So sahen Andreas und Philipp, die am Morgen etwa gleichzeitig aufwachten, nicht wie am Tag zuvor einen neuen Hafen durch die Balkontür, sondern lediglich unendliche Wassermassen, durch die sich das Schiff seinen Kurs nach Norden bahnte. Da sich ihre Kabine auf der Steuerbordseite des Schiffs befand, lag der Balkon bereits in der Sonne, die auch durch die Scheibe zu ihnen hineinschien.

Andreas schaffte es als Erster, sich aufzuraffen. Er verließ das Bett und machte zwei Schritte. Dann blieb er mitten im Raum stehen und sah Philipp mit einem merkwürdigen Gesichtsausdruck an.

»Was ist los, Verstopfungen?«, waren die ersten Worte, die Philipp an diesem Tag sprach.

»Nicht ganz«, antwortete Andreas. »Hier draußen merke ich den Seegang irgendwie doch. Fühlt sich komisch an.«

Philipp mutmaßte: »Vielleicht ist es auch nur der Portwein, der dir nicht gut bekommen ist.«

Andreas verschwand schnellen Schrittes im Bad und Philipp schaffte es endlich, ebenfalls das Bett zu verlassen. Nach einigen Schritten blieb auch er mitten im Raum stehen und rief durch die geschlossene Badezimmertür: »Ok, es ist nicht der Portwein.«

Mit Blick auf die zurückgeschlagene Decke des dritten Betts in der Kabine fügte er hinzu: »Wo ist eigentlich Thomas?«

»Frühstücken, Sporteln, sich ein Paar Ohrfeigen einfangen, ins Meer gesprungen, wen interessiert's?« drang die Antwort aus dem Bad.

Während Andreas seine Morgentoilette erledigte, zog sich Philipp in der Kabine um und schließlich gingen die beiden zum Frühstück. Sie wählten ein Restaurant im hinteren Bereich des Schiffs, von dem sie sich versprachen, den Seegang dort nicht ganz so stark zu spüren. Diese Rechnung ging jedoch nicht auf und so nahm jeder von ihnen nur ein leichtes Frühstück zu sich, bevor sie sich alsbald wieder auf ihre Kabine zurückzogen.

»Ernsthaft, wo ist Thomas?« fragte Philipp mit leicht besorgtem Blick auf das immer noch leere Bett ihres Reisegefährten.

»Keine Ahnung, aber sein Handy ist hier« sagte Andreas und zog das Telefon vom Ladegerät neben seinem Bett.

»Das trifft sich gut« sagte Philipp und zückte ebenfalls sein Handy. Er ließ sich auf sein Bett fallen, öffnete eine Stoppuhr-App und grinste Andreas unheilvoll an: »Dann kann ich ihn ja in genau einer Stunde anrufen und fragen, wo er sich rumtreibt. Ich hoffe für dich, dass er dann auch rangeht, denn deine nächste Aufgabe ist es, ihm sein Handy bis dahin zurückzubringen. Viel Erfolg, die Zeit läuft ab jetzt.«

Philipp drückte den Startknopf seiner App und blickte erwartungsvoll zu Andreas herüber. Der betätigte an seiner Armbanduhr ebenfalls die Stoppuhr-Funktion, dann hastete er zur Kabinentür. Den Griff schon in der Hand drehte er sich noch einmal zu Philipp um und fragte: »Und wie soll ich ihn finden?«

»Keine Ahnung« antwortete Philipp, »vielleicht ist er ja beim Frühstück, Sporteln, sich ein Paar Ohrfeigen einfangen oder ins Meer gesprungen.«

Philipp brach in schallendes Gelächter aus und Andreas stürmte aus der Kabine. Er rannte den Flur entlang und die Treppen herunter. Auf jedem Deck, das er passierte, warf er einen flüchtigen Blick über die langen, teppichgesäumten Flure, konnte Thomas jedoch in keinem davon entdecken. Schließlich auf dem untersten öffentlich zugänglichen Deck angekommen, hielt er vor einem der digitalen Pläne des Schiffs kurz inne. Mit dem Finger fuhr er auf verschiedenen Decks die Flure ab, dann setzte er sich wieder in Bewegung. Deck für Deck durchstreifte er die Bars und Restaurants. Decks, auf denen ausschließlich Kabinen untergebracht waren, ließ er zunächst aus.

In Kabine 15038 erhob sich Philipp immer noch grinsend wieder von seinem Bett, warf einen prüfenden Blick auf die Stoppuhr und steckte sein Handy in die Hosentasche. Er verließ die Kabine, suchte die nächste Bar auf und bestellte sich die ersten beiden Cocktails des Tages. Es war schon fast halb elf, da war er längst nicht der Erste auf dem Schiff, der dem Alkohol frönte. Mit zwei eisgekühlten, gut gemischten Drinks in den Händen kehrte er auf die Kabine zurück, setzte sich dort seine Sonnenbrille und eine Schirmmütze auf und nahm ein Buch aus seinem Koffer. Dann trat er auf den Balkon, stellte die beiden Gläser und sein Buch auf dem kleinen, dort befindlichen Plastiktisch ab und versuchte, die Hängematte aufzubauen.

Jede Balkonkabine des Schiffs hatte so eine. Das eine Ende war fest an der Schiffswand direkt neben der gläsernen Schiebetür zur Kabine angebracht, die Liegefläche und das andere Ende mit einer Schnur zusammengebunden und an der Balkonwand verstaut. Philipp löste das Schnürband, entfaltete die Hängematte und sah sich nach einem Karabinerhaken zum Aufhängen um. Da er keinen fand, versuchte er, den Karabiner am massiven Balkongeländer zu befestigen. Nach fast einer Minute des ungeschickten Herumfummelns schaffte er es dann doch, den Haken zuschnappen zu lassen. Mit einem sanften Stöhnen ließ er sich in die sonnenbeschienene Matte sinken und schloss für einen Moment die Augen.

In keiner Bar und keinem Restaurant hatte Andreas Thomas gefunden. Er blickte nervös auf seine Uhr. Mehr als zwanzig Minuten waren bereits vergangen. Andreas fuhr mit dem Unterarm über seine schweißnasse Stirn. Er blickte sich noch einmal prüfend in der höchstgelegenen Bar des Schiffs um. Thomas war nicht dort. Als Nächstes widmete er sich den Pools, Sport- und Freizeitmöglichkeiten des Schiffs. Doch weder bei der Gegenstromanlage, im Kletterpark, dem Casino noch in der Kunstgalerie oder auf der Minigolfanlage war Thomas zu finden. In immer kürzeren Abständen wanderte Andreas' suchender Blick auf die Uhr an seinem Handgelenk.

Den ersten seiner beiden Cocktails hatte Philipp schon geschafft. Er hatte auf seinem Handy leise Musik angemacht, las sein Buch und schlürfte gelegentlich am Mai Tai. Ein Blick auf die Uhr verriet auch ihm, dass für Andreas die Zeit langsam knapp wurde. Eine Viertelstunde hatte er noch, die Aufgabe zu bewältigen.

Vor dem Fitnessstudio hatte Andreas Viktoria und Marie getroffen, doch auch die konnten ihm nicht sagen, wo Thomas wohl war. Lediglich, dass die anderen Mädels sich sonnenbaden wollten, hatte er erfahren. Und tatsächlich: Als er erneut über das Sonnendeck des Schiffs rannte, sah er Lena und Kim in farbenfrohen Bikinis in der Sonne liegen. Er stoppte neben ihnen und fragte außer Atmen: »Morgen. Habt ihr zufällig Thomas gesehen?«

»Machst du etwa Sport?«, fragte Kim den schwitzenden und nach Luft ringenden Andreas belustigt.

Dieser antwortete: »So in etwa.«

Auch Lena wirkte amüsiert von dem keuchenden jungen Mann, der vor ihr stand. Sie sagte: »Nö, haben wir nicht gesehen. Aber wenn du Helena triffst, sag ihr, sie soll sich mal beeilen.«

»Mache ich«, versprach Andreas. Dann sprintete er wieder los.

Um noch einmal systematisch das gesamte Schiff abzusuchen, war die Zeit zu knapp. Andreas rannte ohne Plan oder Ziel die Gänge und Treppen des Ozeanriesen entlang. Mehr als einmal kam es fast zu einem Zusammenstoß mit anderen Urlaubern. Ohne sich lange damit aufzuhalten, Hinweisschilder oder Warnzeichen zu beachten, stolperte er eine schmale Treppe, die sich hinter einer geöffneten Tür befand, hinunter. Anders als die anderen Treppen mündete diese jedoch nicht in einem mit Teppichen ausgelegten Flur oder dem Vorraum gleich mehrerer Restaurants. Stattdessen sah sich Andreas der gigantischen Kochzeile einer Industrieküche gegenüber, an der von mindestens einem Duzend Schiffsbediensteter bereits das Mittagessen für eins oder wahrscheinlich gleich mehrere der zahlreichen Restaurants zubereitet wurde. Knapp zwei Meter vor Andreas stand mit ihm zugewandtem Rücken ein einbeiniger Koch, der mit einem geradezu obszön großen Messer einen Fisch filetierte. Die Klinge war nur als ein Flackern wahrzunehmen, so schnell zerteilte der Koch das vor sich liegende Tier.

Andreas warf noch einen schnellen Rundumblick in die Küche, dann stieg er unauffällig, das gigantische Messer nicht aus den Augen lassend, die Treppe wieder hinauf und verschwand unbehelligt in der Masse der Touristen in den frei zugänglichen Bereichen.

Philipp schluckte den letzten Rest seines Drinks hinunter, spielte noch ein wenig mit seinem Strohhalm und den Eiswürfeln, legte dann Buch und Sonnenbrille weg und nahm sein Telefon in die Hand. Die letzte Minute war für Andreas angebrochen. Philipp schloss die Stoppuhr-App und öffnete die zum Telefonieren. Unter seinen Kontakten wählte er Thomas aus und ließ seinen Zeigefinger langsam über dem Button ›Anrufen‹ kreisen. Schließlich drückte er ihn und hielt sich das Gerät ans Ohr. Das Freizeichen ertönte.

Andreas lief einen schier endlosen Gang mit Kabinentür an Kabinentür entlang. In seiner Hosentasche vibrierte es. Er wurde nicht langsamer. Im Laufen zog er Thomas' Telefon aus seiner Tasche und blickte auf das Display, dann wieder nach vorne. Seine Augen weiteten sich.

»STOPP!«, brüllte er aus voller Kehle.

Erschrocken fuhr Thomas etwa zwanzig Meter weiter den Flur hinunter zusammen. Er drehte sich zu Andreas um und sah ihn irritiert an.

Andreas verlangsamte seine Schritte, nahm das Gespräch an und meldete sich keuchend: »Hier bei Thomas.«

»Aber du bist nicht Thomas«, drang Philipps Stimme mit triumphierendem Tonfall durch das Gerät.

»Da hast du recht«, antwortete Andreas nach Luft ringend. Er streckte Thomas dessen Telefon entgegen und japste: »Hier, ist für dich.«

Thomas nahm argwöhnisch das Handy entgegen und Andreas rutschte, immer noch nach Luft ringend, die Flurwand gegenüber von Kabine 13405 herunter. Er blieb bebend auf dem Teppichboden sitzen.

»Weißt du eigentlich, was so ein Gespräch auf hoher See kostet?«, fragte Thomas ins Telefon.

»In diesem Fall Andreas leider nicht die Reise«, antwortete Philipp. »Aber ist es nicht faszinierend, dass wir hier mitten im Atlantik perfekten Empfang haben?«

Thomas legte kopfschüttelnd auf. Fordernd sah er Andreas an: »Na dann erklär mal.«

»Wasser«, japste Andreas.

Thomas tat, wie ihm geheißen und holte ein kühles Wasser. Er fand Andreas an genau derselben Stelle und in derselben Position vor, in der er ihn zurückgelassen hatte. Nachdem dieser das Glas geext hatte, rappelte er sich langsam wieder auf, schlurfte gemächlich in Richtung der Kabine der Jungs und erklärte unterwegs Thomas, welche Aufgabe Philipp ihm gestellt hatte.

Philipp lag entspannt in der Hängematte und sonnte sich, als die beiden anderen die Kabine betraten. Er hob den Kopf, nickte ihnen zum Gruße zu und schloss dann seine Augen wieder.

»Also ich lege mich jetzt zu den Mädels in die Sonne und bewege mich erst wieder, wenn es etwas zu Essen gibt«, verkündete Andreas.

»Gute Idee«, bestätigte Thomas.

Philipp schälte sich mit einiger Mühe, dafür aber wenig elegant nun doch aus der Hängematte und sagte: »Ich komme auch mit. Ich muss ja mal schauen, wie es meiner Freundin heute geht.«

Etwa zehn Minuten später traten sie mit Handtüchern bewaffnet hinaus auf das Sonnendeck des Schiffs. Auf dem offenen Meer und bei voller Fahrt wehte ihnen eine durchaus steife Brise entgegen. Kalt war es trotzdem nicht, da die Sonne kurz vor Mittag kräftig vom wolkenlosen Himmel auf sie herabschien.

Doch die Jungs waren nicht die Einzigen, die die Idee hatten, sich der wärmenden Sonne hinzugeben. Auf dem Deck herrschte ein dichtes Gewusel und jede Liege, sogar jeder Stuhl an der Bar, schien belegt zu sein. Sie kämpften sich durch das Gedränge der Menschenmenge bis zu den Liegestühlen vor, auf denen Andreas bei seiner Suche nach Thomas Lena und Kim getroffen hatte. Inzwischen hatten es sich dort auch die drei anderen jungen Damen der Gruppe bequem gemacht.

Andreas sah sich suchend um. »Meint ihr, es gibt noch irgendwo eine freie Liege«, fragte er in die Runde.

Die auf dem Bauch liegende Marie hob den Kopf hoch und antwortete: »Ne. Sogar im FKK-Bereich ist alles belegt.«

Für einen Moment herrschte bei den Jungs peinlich berührtes Schweigen, dann setzte sich Philipp auf die Kante von Lenas Sonnenliege und sagte: »Guten Morgen, Schatz. Wie geht es dir denn heute?«

Zwei Liegen weiter verdrehte Viktoria die Augen.

»Danke, gut«, antwortete Lena. »Und dir, Liebster?«

Philipp grinste: »Es ginge mir besser, wenn ich auch einen Platz hätte. Du hast doch bestimmt nichts dagegen, wenn ich mich zu dir lege?«

Lena stützte sich auf ihre Unterarme und sah Philipp grüblerisch an. Damit war sie nicht die Einzige. Auch Viktoria hatte sich auf ihrer Liege aufgerichtet und beobachtete interessiert das Geschehen.

»Mein Herzblatt«, antwortete Lena, »natürlich würde ich mich freuen, wenn du dich an mich kuscheln würdest, aber ich fürchte, das hält die Sonnenliege nicht aus.«

Viktoria räusperte sich deutlich. Philipps Blick flackerte kurz zu ihr herüber, dann sah er wieder Lena an und sagte entrüstet: »Willst du damit etwa sagen, ich bin fett?«

Er sprang dramatisch von der Liege hoch, stemmte die Hände in die Hüften und fuhr fort: »Das muss ich mir von dir nicht bieten lassen! Nicht von dir! Weißt du was? Es reicht mir, ich habe endgültig genug. Ich mache Schluss!«

Auch Lena sprang von ihrer Liege hoch, baute sich vor Philipp auf und entgegnete nicht minder zornig: »Du machst Schluss mit mir?! Das wüsste ich aber. Ich mache Schluss mit dir!«

»Soll mir auch recht sein. Hauptsache, ich habe meine Ruhe«, giftete Philipp zurück. Er kehrte Lena den Rücken zu, legte seine Arme Thomas und Andreas um die Schultern und sagte: »Kommt, Jungs, wir sind hier fertig.«

Sie machten einige Schritte und umrundeten einen der gigantischen Kamine des Schiffs, sodass sie außer Sichtweite der Mädels und der rings darum befindlichen Sonnenliegen gelangten, von denen aus das Streitgespräch zwischen Philipp und Marie neugierig beobachtet worden war.

»Nette Show«, sagte Andreas.

Philipp hatte ein schelmisches Grinsen aufgesetzt. Er lachte, dann sagte er: »Jetzt, wo ich wieder Single bin, werde ich mir wohl was Neues suchen müssen. Diese Viktoria gefällt mir ganz gut. Meint ihr, das könnte was werden?«

Thomas sah ihn skeptisch an: »Kann ich mir nicht vorstellen. Die wirkt als hätte sie Klasse. Da wird sie bestimmt nichts mit einem Hampelmann wie dir anfangen.«

»Das«, antwortete Philipp, »werden wir noch sehen. Aber zunächst sollten wir uns um das Problem mit den Liegestühlen kümmern.«

»Das ist kein Problem«, antwortete Andreas. »Thomas, klau uns mal eben drei Liegestühle und bring sie rüber zu den Mädels.«

Thomas nuschelte halblaute Beleidigungen in seinen Bartschatten und sah sich nach freien Liegestühlen um. Er konnte jedoch keine finden. Stattdessen entdeckte er Hilde, die ebenfalls suchend auf dem Deck entlang schlenderte, und ging auf sie zu. Er sprach kurz mit ihr, dann kehrte er zu den Jungs zurück und sagte: »Philipp, du hast dich ja gerade mittelprächtig erfolgreich im Theaterspielen versucht. Ich hätte da eine nette, kleine Aufgabe für dich.«

Thomas beugte sich vor und flüsterte Philipp etwas ins Ohr. Mit jedem Wort wirkte Philipp zwar unglücklicher, nickte aber am Ende und drückte Andreas wortlos sein Handtuch in die Hand. Er suchte kurz Blickkontakt mit Hilde, die etwa zwanzig Meter von den Jungs entfernt stand und sie aufmerksam beobachtete.

Auffallend unauffällig schlenderte Philipp weiter den enormen Schornstein entlang, bis er die den Liegestühlen der Mädchen gegenüberliegende Seite des Sonnendecks der MS Schwalbe erreicht hatte, und ging dann auf die Reling zu. Er lehnte sich auf den Handlauf des Geländers und blickte durch die vor dem Wind schützende, etwa zwei Meter hohe, massive Panoramaglasscheibe auf das offene Meer hinaus. Einige Minuten verharrte er dort in dieser Position, dann riss er die Augen auf, warf dramatisch die Hände in die Höhe, zeigte auf das Wasser und rief aus voller Kehle: »Delfine!«

Er gab weitere Laute der Begeisterung von sich und blickte angestrengt auf das Meer hinaus, in dem weit und breit kein einziger Fisch und schon gar kein Delfin zu sehen war.

»Wahnsinn, so viele!«, rief er. Die ersten Gäste hoben ihre Köpfe und blickten von ihren Liegestühlen ebenfalls aufs Meer hinaus.

Hilde eilte nun auch herbei, stellte sich etwa zwei Meter von Philipp entfernt an die Reling und brüllte nicht minder begeistert: »Phantastisch! Und so nah!«

Sie nahm ihren Fotoapparat und knipste ein Bild im ziemlich steilen Winkel an der Schiffswand hinunter. Aus Angst, die Tiere von ihren Plätzen aus nicht sehen zu können, standen viele der Reisegäste von ihren Liegestühlen auf und kamen nun auch an die Reling geeilt. In kürzester Zeit bildete sich eine dichte Menschentraube an der Scheibe. Philipp und Hilde riefen noch einige »Ohs« und »Ahs« und zogen sich dann langsam aus der Menge zurück.

Philipp tauchte schließlich unter einem Arm hindurch aus der Menschentraube heraus.

»Was ist denn hier los?«, fragte ihn eine Dame mittleren Alters, die gerade aus dem Schiffsinneren heraustrat und den Aufruhr sah.

Philipp sah sie mit Unschuldsmiene an und sagte: »Da hat wohl jemand Delfine gesehen.«

Schnell drängte sich auch die Frau zwischen den Schaulustigen hindurch ganz nach vorne an die Scheibe, während Philipp sich zur Bar durchschlug und dort eine kühle Limonade bestellte, die er lässig an die Theke gelehnt trank. Beim Nippen an dem Getränk beobachtete er, wie sich die Masse der aufgeregten Passagiere langsam wieder auflöste. Einige der Urlauber schienen sich zu ärgern. Man konnte ihnen aber auf die Entfernung nicht ansehen, ob sie sich darüber ärgerten, dass man ihnen einen Streich gespielt hatte, oder ob sie sich ärgerten, die Delfine verpasst zu haben. Gleich mehrere Urlauber blickten nun verwirrt das Deck entlang. Scheinbar vermissten sie etwas. Einer hob ein Handtuch vom Boden auf und blickte sich suchend um. Sein Blick fiel auf Philipp. Mit energischen Schritten kam er auf ihn zu und blaffte ihn an: »Wo ist meine Liege?!«

Philipp blickte suchend hinter sich, dann wieder zu dem sehr muskulösen Mann, der ihn angesprochen hatte und fragte: »Meinen Sie mich?«

»Wen sonst? Also, wo ist die Liege?«

Philipp nahm selenruhig einen weiteren Schluck aus seinem Glas, stellte es langsam auf die Theke, dann antwortete er: »Woher soll ich das wissen?«

»Du hast doch ›Delfine‹ gerufen«, antwortete der Mann mit rot angelaufenem Gesicht.

Philipp Blick wurde leicht träumerisch: »Majestätische Tiere. Wirklich schade, dass Sie sie nicht gesehen haben.«

Der Mann stand inzwischen unangenehm nah vor Philipp. Er war gut einen Kopf größer und sagte auf Philipp herabblickend und mit leicht drohendem Unterton und bebendem Gesicht: »Verarschen kann ich mich auch alleine. Wo ist die Liege?«

»Glauben Sie«, sagte Philipp sehr sachlich und wich einige Zentimeter zurück, »wenn ich eine Liege hätte, würde ich hier an der Theke stehen? Außerdem scheinen da vorne noch mehr Leute ihre Liegen zu vermissen. Und was sollte ich denn bitte mit mehreren Liegen anfangen?«

Der Mann sah Philipp mit einem Blick an als würde er versuchen, höhere mathematische Formeln zu lösen, kratzte sich am Hinterkopf und sagte schließlich: »Da haste recht. Nichts für ungut.«

Er drehte sich um und ging zu der Stelle zurück, wo wenige Minuten zuvor noch seine Sonnenliege gestanden hatte. Er

fing ein Gespräch mit einem anderen Mann an, der dort ebenfalls noch auf der Suche nach seinem Liegestuhl war.

Philipp nahm sein Glas von der Theke und leerte es genüsslich. Dann machte er eine große Runde über das Sonnendeck.
Unterwegs kam er an Hilde vorbei, die sich mittig auf dem
Schiff auf einer Liege streckte. Er grüßte sie knapp, hielt jedoch nicht für ein längeres Gespräch an.

Schließlich erreichte er die Mädels wieder, neben denen
sich nun auch Andreas und Thomas auf ihren Sonnenliegen
flegelten. Ein weiterer leerer Liegestuhl mit seinem Handtuch
darauf wartete bereits auf Philipp. Er setzte sich grinsend darauf und fragte: »Habt ihr denn wenigstens die Delfine gesehen?«

»Nein, aber etwa zeitgleich sind eine ganze Reihe unbeauf-
sichtigter Liegen aufgetaucht. Da mussten wir einfach zu-
schlagen. Aufgabe bestanden«, antwortete Thomas.

»Du ja scheinbar auch«, erwiderte Philipp.

Belustigt beobachteten die Jungs aus ihrer nun liegenden
Position andere Urlauber, die verzweifelt nach Sonnenliegen
oder Delfinen Ausschau hielten. Ein alberner Strohhut wehte
an ihnen vorbei, dicht gefolgt von Hilde. Andreas versuchte
noch, nach der Kopfbedeckung zu greifen, verfehlte sie jedoch
knapp.

Philipp, Thomas und Andreas ließen sich den restlichen
Vormittag die Sonne auf die Bäuche scheinen, genossen das
eine oder andere erfrischende Kaltgetränk und unterhielten
sich mit den Mädels.

Zum Mittagessen gingen sie getrennt in zwei Vierergrup-
pen, um die so mühsam gewonnenen Sonnenliegen nicht wieder hergeben zu müssen. Ebenso wechselten sie sich beim Baden in den gleichfalls auf dem Sonnendeck gelegenen Whirlpools ab. Insbesondere Andreas war gar nicht mehr aus dem

warmen Wasser herauszubekommen. Er ließ die Blubberblasen seinen Körper umtanzen und immer, wenn er Durst hatte, gab er Thomas ein Zeichen, der widerwillig zu ihm herüber trabte, die Bestellung entgegennahm und ihm dann von der Theke das gewünschte Getränk brachte.

Bei seinen Getränkewünschen wurde Andreas immer kreativer. Getränke mit Eis, ohne Eis, mit einer ganz bestimmten Zahl Eiswürfeln, Limonade in einem Weinglas, Wein in einem Bierglas, Bier mit einem Strohhalm, das Glas verziert mit einer halben Zitronenscheibe, einem Zuckerrand und dazu noch ein oranges Cocktailschirmchen. Gleich zweimal verweigerte er die Annahme, weil Thomas es nicht schaffte, das Getränk mit allen Extrawünschen an der Bar zu erhalten, erlaubte diesem jedoch generös, die verweigerten Getränke selbst zu konsumieren.

»Du hast ein Leben«, sagte Kim, die neben Andreas im Whirlpool saß, anerkennend, als Thomas mal wieder mit griesgrämiger Miene seiner Aufgabe nachkam und Andreas eine kleine Cola ohne Eis, dafür jedoch mit zwei hauchdünnen Ananasscheiben in einem Weißbierglas servierte. Andreas nickte: »Wer hat, der kann. Möchtest du auch etwas trinken?«

»Schon«, antwortete Kim, »aber dafür brauche ich deine Hilfe nicht.«

Wie aufs Stichwort kam ein junger Kellner herüber und überreichte ihr einen besonders hübsch garnierten Cocktail. Kim genoss sichtlich die neidischen Blicke der anderen Schiffsgäste, die einen solchen Extraservice nicht für sich beanspruchen konnten und sagte: »Du hast recht: Wer hat, der kann.«

»Ich sehe, du hast dich auch kein bisschen verändert«, antwortete Andreas.

Kim zwinkerte ihm zu und sog genüsslich an ihrem aus dem Cocktail ragenden Strohhalm. Sie zwinkerte einem vorbeigehenden jungen Mann zu, der prompt über einen Liegestuhl stolperte.

Ungemütlicher Abend auf hoher See

Nach einigen Stunden in der Sonne wurde es den acht jungen Menschen auf dem neunzehnten Deck dann doch zu warm und sie beschlossen, sich ins klimatisierte Innere des Schiffs und an die dort befindliche Poollandschaft zurückzuziehen. Kaum, dass sie aufgestanden waren und ihre Handtücher zusammenrollten, stürmten von allen Seiten Passagiere auf sie zu wie Möwen am Strand auf ein fallen gelassenes Brötchen. Zwischen zwei Urlaubern entbrannte sogar ein handfester Streit um die letzte Liege, den die Gruppe interessiert beobachtete, bevor sie sich unter Deck begab.

Im Gegensatz zum Sonnendeck gab es hier sogar noch einige freie Liegestühle, jedoch auch deutlich mehr Geräuschkulisse. Während an der frischen Luft lediglich der Wind, die Wellen und gelegentlich ein Ruf über angebliche Delfinsichtungen zu hören waren, lärmten am Pool zahlreiche Kinder. Dazu kamen das Plätschern des Wassers und eine monotone Hintergrundbeschallung aus Pumpen, Motoren und Stabilisatoren. Geräusche, an die man sich jedoch schnell gewöhnen konnte und die man dann kaum noch wahr nahm. Lediglich ein Kind am Pool fiel durch sein besonders lautes Verhalten auf. Als es wieder einmal aufkreischte, fragte Philipp in die Runde: »Laurenz, bist du es?«

Das schallende Gelächter der Gruppe war nicht viel leiser als das Kind, über das sie sich amüsierten, auch wenn es nicht jener legendäre Laurenz war, der gemeinsam mit seiner Mutter Hannelore ihren Mallorcaurlaub im vergangenen Jahr wesentlich geprägt hatte.

»Wollen wir eine Runde Rutschen gehen?« schlug Philipp vor. Alle bis auf Kim, die aus irgendeinem Grund schon wieder von zwei Kellnern überaus fürsorglich bedient wurde, schlossen sich der Idee an. Gemeinsam erklommen sie die Treppen des Rutschenturms, der sogar noch etwas über dem FKK-Deck gelegen war, das man jedoch von dort aus allerdings nicht sehen konnte, und der somit den höchsten frei zugänglichen Ort des Ozeanriesen darstellte. Oben angekommen konnten sie einen herrlichen Blick über das Heck des Schiffs hinweg auf den weiten Atlantik genießen. Ein Blick der möglicherweise noch ein wenig beeindruckender gewesen wäre, wenn hinter dem Schiff nicht bloß endlose, wirbelnde Wassermassen, sondern auch Land oder wenigstens ein anderes Boot zu sehen gewesen wären.

»Die hier misst sogar die Zeit« stellte Thomas fest und schmiss sich mit Anlauf in eine der wasserbenetzten Röhren, die ihn drei Decks tiefer, also auf dem Deck mit der Poollandschaft, in ein Auslaufbecken beförderte.

Neben der von Thomas gewählten Rutsche befand sich noch eine zweite Röhre, die ebenfalls mit einer Messfunktion ausgestattet war, sodass man gegeneinander um die Wette rutschen konnte, was die drei Jungs und vier jungen Damen dann auch in allen möglichen Konstellationen taten. Thomas, Philipp und Lena stellten sich als besonders talentiert heraus, Andreas war eher der gemütliche Typ, dessen Zeiten um bis zu 15 Sekunden hinter den Bestwerten der anderen lagen. Vom ebenfalls am oberen und unteren Ende der Rutsche angezeigten Schiffsrekord waren jedoch auch ihre kühnsten Versuche noch weit entfernt.

»Machst du unterwegs noch ein Picknick oder was ist da los?«, fragte Marie, die gegen Andreas angetreten war und nun am Ende der Rutsche ungeduldig auf ihn wartete.

Neben den beiden Wettkampfrutschen führte noch eine weitere Röhre auf der anderen Seite des Turms hinunter zur Poollandschaft. Diese stoppte jedoch nicht die Zeit und hatte auch keine Parallelröhre, die sich zum Wettrutschen geeignet hätte, sodass Andreas bald dazu überging, nur noch diese Rutsche zu benutzen. Das Highlight dieser steuerbord über das Schiff führenden Röhre war ganz klar ein aus transparentem Plexiglas gefertigtes Stück der Strecke, von dem aus man aufs weite Meer und das Außendeck direkt unter der Rutschbahn schauen konnte. Auch die anderen rutschten gelegentlich dort gemütlich, manchmal auch mit mehreren gleichzeitig, herunter, um die Zeit bis zu ihrem nächsten Rutschduell zu überbrücken.

Den erbittertsten Wettkampf lieferten sich Philipp und Viktoria, denen bei jedem Durchgang, den sie gegeneinander antraten, der Ehrgeiz ins Gesicht geschrieben stand. Als sie unten wieder einmal fast gleichzeitig aus den Röhren schlitterten, nutzten sie die Gelegenheit des gemeinsamen Wiederaufstiegs in den Turm für ein kurzes Gespräch.

»Du weißt, dass das alles nur Teil des Spiels war?«, fragte Philipp vorsichtig.

Viktoria sah ihn halb verärgert, halb belustigt an: »Glaubst du wirklich, sonst wäre ich so ruhig geblieben?«

»Natürlich. Dumme Frage«, nickte Philipp und erklomm vor seiner Freundin die Stufen. Diese gab ihm einen Klaps auf den Po und sagte: »Wie schon gesagt: Sieh einfach zu, dass du dieses Mal gewinnst.«

»Ganz schön übergriffig«, erwiderte Philipp. »Wann feiern wir jetzt eigentlich unseren Jahrestag? Weiter wie bisher oder haben wir nach unserer kurzen Beziehungspause jetzt heute einen neuen?«

Philipp erreichte das obere Ende des Turms und drehte sich zu seiner Freundin um. Der Ärger in ihrem Gesicht wirkte dieses Mal nicht nur gespielt und Philipp suchte schnell das Weite, indem er sich kopfüber in die nächstbeste Rutsche stürzte. Viktoria setzte ihm eilig nach und zog ihn unten angekommen zu einem längeren Gespräch in einen der zahlreichen Indoor-Whirlpools.

Kurz darauf zogen sich auch Marie und Helena vom Rutschen auf ihre Liegen zurück, die zu ihrer Überraschung komplett verlassen dastanden. Von Kim fehlte jede Spur.

Lena gab Andreas Nachhilfe im Schnellrutschen, Thomas widmete sich währenddessen der dritten Rutsche, die er zwar gemütlicher, aber dennoch recht zügig hinunterrutschte. Kurz vor dem Ende der Röhre sah er ein Hindernis in Form einer anderen Rutschenden auf sich zukommen. Er hatte keine Möglichkeit mehr, rechtzeitig zu bremsen, also rief er laut: »Achtung!«

Doch es war zu spät. Noch bevor sich die junge Dame in der Rutsche umdrehen oder auf den Aufprall vorbereiten konnte, wurde sie von Thomas über den Haufen gerutscht. Irgendwie ineinander verkeilt landeten sie und Thomas prustend im Auffangbecken. Thomas entschuldigte sich sofort bei seinem Opfer, dessen Gesicht er erst jetzt sah. Es war wieder jenes Mädchen, das er bereits zweimal mit dessen Mutter zusammen angetroffen hatte.

Sie wischte sich Wasser und einige ihrer langen, dunklen Haare aus dem Gesicht, dann sagte sie: »Fragst du mich jetzt, ob ich an Liebe auf den dritten Blick glaube?«

Thomas, der aussah als hätte er gerade in eine Zitrone ge-
bissen, schüttelte den Kopf, murmelte nochmals eine halblaute
Entschuldigung und wandte sich ab zum Gehen.

»Hey, warte mal, du Rutschen-Rambo« rief sie ihm hinterher. Thomas drehte sich wieder zu ihr um:»Was gibt's?«

»Ich schulde dir noch zwei Antworten. Eine von meiner
Mutter und eine von mir.«

Thomas musterte das Mädchen, das nun langsam und tropfend auf ihn zukam. Nach ihren zwei eher flüchtigen Begeg-
nungen hatte er nun erstmals die Möglichkeit, sie etwas länger
auf sich wirken zu lassen. Sie war wirklich hübsch. Ein freund-
liches Gesicht, umschlossen von langen, dunkelbraunen, im
nassen Zustand fast schwarzen Haaren, dazu ein schüchternes,
aber doch einladendes Lächeln und strahlende, grüne Augen.
Alles in allem hätte sie fast die kleine Schwester von Viktoria
sein können. Lediglich ihr olivgrüner Bikini hatte die falsche
Farbe. Sie baute sich direkt vor Thomas auf, den sie nur um
wenige Zentimeter überragte. Dann sagte sie:»Also von meiner Mutter...«

Unvermittelt verpasste sie Thomas eine Ohrfeige.

Der überraschte Thomas hielt sich die Wange. Vom oberen
Ende der Rutsche drang ein enormes Rumpeln und Jauchzen
zu ihnen herunter.

»Aber meine Antwort wäre ›Ja‹. Ich glaube an Liebe auf den
ersten Blick« fuhr sie fort. Dann musterte sie Thomas von
Kopf bis Fuß und ergänzte:»Aber manchmal hilft auch ein
zweiter Blick. Ich heiße übrigens Lilli.«

»Thomas. Sag mal, Lilli, wie alt bist du?«

»Sieb- Achtzehn« antwortete sie.

Aus der Mündung der Rutsche tauchten die Damen vom
Junggesellinnenabschied auf. Alle in pinken Bikinis, die Viktoria ernsthafte Konkurrenz gemacht hätten und mit flauschi-

gen Hasenohren auf den Köpfen. Polonäse rutschend veranstalteten sie ein unheimliches Getöse und kamen aus dem Giggeln und Juchzen gar nicht mehr raus.

Thomas verdrehte die Augen und trat die Flucht an. Lilli folgte ihm. Die Rädelsführerin des Junggesellinnenabschieds grölte ihnen noch etwas hinterher, doch zwischen dem Rauschen des Wassers war es nicht zu verstehen. Thomas und Lilli zogen sich an die Poolbar zurück, wo sie sich je eine Orangenlimonade bestellten und ein Gespräch begannen.

Lena war es inzwischen gelungen, Andreas' Rutschzeit um über fünf Sekunden zu verbessern, doch mehr sollte es nicht mehr werden, denn auch die beiden gerieten ins Störfeuer des Junggesellinnenabschieds. Die Plüschohrpatrouille marschierte den Turm hoch und entdeckte Lena, die Andreas erklärte, wie er seine Arme beim Rutschen halten sollte, um weniger Reibefläche zu bieten.

»Süßer, ich kann dir auch zeigen, wie du deine Arme halten musst«, rief eine von ihnen herüber, was albernes Gelächter beim Rest der Gruppe hervorrief. Andreas und Lena warfen sich einen vielsagenden Blick zu und schmissen sich schleunigst in die Rutschröhren. Mit jeweils persönlichen Bestzeiten gelang es den beiden, der Kicherkompanie mit Hasenohren zu entkommen. Sie gesellten sich zu Helena und Marie, die gerade ein Kartenspiel beginnen wollten. Etwa zeitgleich mit ihnen erreichte auch Kim die Liegestühle wieder. Fragen, wo sie gewesen sei, beantwortete sie nicht, sondern nahm stattdessen einen fruchtigen Cocktail entgegen, den ihr ein Kellner unaufgefordert brachte, und nuckelte unnötig lange an ihrem Strohhalm.

Im Whirlpool hatten Philipp und Viktoria ihre Streitigkeiten beigelegt und waren einer etwas romantischeren Stimmung verfallen. Eng umschlungen saßen sie im warmen Wasser und küssten ihren Disput hinfort. Doch als ihre Finger im Wasser langsam schrumpelig wurden, verließen sie schließlich den Pool und wollten über einen Umweg an die Bar zu ihren Liegen zurückkehren. An einem Tisch an der Bar entdeckten sie Thomas und Lilli. Viktoria stieß Philipp in die Seite und fragte leise: »Wer ist das denn?«

»Keine Ahnung, wie sie heißt, aber Thomas ist schon mehrfach mit ihr *zusammengestoßen*«, antwortete Philipp, der die Szenerie genau wie seine Freundin sehr interessiert beobachtete.

Viktoria bestellte ihre Getränke. Für sich ein Wasser und für Philipp den nächsten Cocktail auf der Karte, einen Caipiberry. Philipp schaute währenddessen in der Gegend umher und entdeckte eine Frau, die energischen Schrittes auf Thomas und Lilli zueilte. Es war Lillis Mutter.

Philipp tippte Viktoria auf die Schulter und sagte: »Das könnte jetzt interessant werden.«

Etwa drei Meter vom Tisch der beiden entfernt blieb die Frau stehen, stemmte die Hände in die Hüften und rief entrüstet: »Marleen!«

»Marleen?«, fragte Thomas irritiert. Das Mädchen lächelte verlegen und sagte schnell: »Ich muss weg.«

Bevor Thomas ein weiteres Wort sagen konnte, war sie aufgesprungen und zu einer Glastür auf der ihrer Mutter gegenüberliegenden Seite des Tisches in den Außenbereich des Schiffs geflohen. Ihre Mutter warf Thomas einen vernichtenden Blick zu, dann stampfte sie ihrer Tochter hinterher und Philipp und Viktoria setzten sich zu einem höchst verwirrten Thomas an den Tisch.

»Was war da denn los?«, fragte Viktoria. Thomas sah sie ratlos an: »Ich weiß es nicht.«

Philipp fragte schelmisch: »Glaubt sie denn jetzt an Liebe auf den ersten Blick?«

»Eher auf den dritten«, antwortete Thomas. Er trank den Rest seiner Orangenlimonade aus und stand auf.

»Wo willst du denn so schnell hin?«, fragte Philipp und erhob sich ebenfalls.

Thomas gab ihm keine Antwort, sondern trat Lilli und ihrer Mutter folgend durch die Glastür ins Freie. Ein wenig ratlos schlenderten Viktoria und Philipp mit ihren Getränken zu den Liegestühlen zurück, wo sie auch den Rest der Gruppe mit Ausnahme von Thomas wieder antrafen.

Sie schlossen sich dem Kartenspiel an und deutlich später als an den vergangenen Abenden und auch als die meisten anderen Passagiere kehrte die Gruppe in ihre Kabinen zurück. Als sie sich endlich zum Abendessen wieder trafen und eines der Restaurants betraten, waren die meisten Gäste dort bereits bei der Nachspeise angelangt oder verließen ihre Tische schon wieder, doch das machte nichts, da die Öffnungszeiten bis tief in die Nacht hinein gingen und ihnen somit genug Zeit blieb, sich in aller Gründlichkeit den Wanst am reichhaltigen Buffet vollzuschlagen.

Nach dem Essen wollten sich Thomas, Helena und Marie die abendliche Showeinlage im Schiffstheater ansehen. Eine Quizveranstaltung auf der großen Bühne, bei der jeder Passagier mitmachen konnte. Andreas, Philipp, Viktoria, Kim und Lena zog es in das Casino. Vor allem Andreas äußerte bereits auf dem Weg dorthin seine Enttäuschung darüber, dass, wie er bereits im Vorfeld gelesen hatte, es in dem Bordcasino keinen Dresscode gab, wie er in den meisten Spielbanken vorherrschte. Noch wesentlich größer war seine Enttäuschung jedoch, als er sah, dass die Tische nicht von echten Menschen bedient wurden, sondern sämtliche Glücksspiele hier rein elektronisch abliefen. Beim Black-Jack zeigte ein Bildschirm die Karten an, ebenso beim Poker und beim Roulette bestand der komplette Spieltisch aus zwei riesigen Bildschirmen, auf denen man per Fingertipp seine Einsätze platzierte. Lediglich das Rouletterad und die Kugel liefen mechanisch, doch selbst der Einlass der Kugel in den Kessel erfolgte automatisch. Daneben gab es in dem kleinen Bordcasino noch einige Münzschiebeautomaten und eine kleine Casinobar.

Nach der ersten anfänglichen Enttäuschung von Andreas und einigen Spielrunden, bei denen sie nur misstrauisch den anderen Gästen zusahen, setzten sie sich aber dann doch an den Roulettetisch und steckten ihre Bordkarten in die dafür vorgesehenen Schlitze neben ihren jeweiligen Stühlen. Auf diese Art wurden ihre Gewinne und Verluste direkt auf die Bordkonten gebucht. Die fünf waren mit Abstand die jüngsten Besucher des Casinos.

Andreas platzierte seine Einsätze nach einem ausgeklügelten mathematischen System, das er den anderen vergeblich zu erklären versuchte, Viktoria setzte ausschließlich auf rot oder schwarz, immer die Farbe, die in der vorherigen Runde nicht gewonnen hatte, Philipp setzte ausschließlich auf seine Glückszahl, die 15, und Marie drückte nach Lust und Laune an verschiedene Stellen des Bildschirms, um ohne jegliches System Geld auf die verschiedenen Felder zu setzen.

Kim saß auf dem Platz direkt neben dem Kessel und beobachtete, wie die Spieler auf dem gegenüberliegenden Einsatzfeld ihre Wetten platzierten. Besonders interessiert verfolgte sie die Finger eines Herrn zwischen vierzig und fünfzig, der tatsächlich im Anzug spielte und dessen Augen wild über den Bildschirm huschten als verfolge er Signale, die nur er dort sehen konnte.

Obwohl sie nur vor einem Bildschirm saßen, stieg der Adrenalinspiegel der Spieler merklich an. Die Stimmung am Tisch wurde immer aufgekratzter und immer euphorischer feuerten Marie und Viktoria die Kugel an, doch endlich in das richtige Feld zu fallen.

Andreas beschwerte sich zunehmend darüber, dass sein System nicht funktionieren würde, da er meist lediglich seinen Einsatz wieder herausspielte. Philipp hingegen fuhr mit seiner 15 eine Pleite nach der anderen ein. Schließlich sagte er: »Wenn es jetzt nicht klappt, höre ich auf.«

Er verdreifachte seinen Einsatz und starrte mit vor dem Mund gefalteten Händen gebannt auf die im Kessel rotierende Kugel. Als diese schließlich klappernd in eine Kammer fiel und liegen blieb, drehte er seinen Kopf mit, um die Zahl erkennen zu können. Er stieß einen Schrei aus und riss die Faust in die Höhe. Die weiße Zahl auf schwarzem Grund verkündete einen Volltreffer für ihn. Begeistert drückte er auf ›Gewinn auszahlen‹ und stand vom Tisch auf.

Auch Viktoria verließ den Tisch. Gemeinsam traten sie an die Casinobar, wo sofort ein aufmerksamer Kellner zu ihnen herüber huschte.

Philipp richtete sich seine imaginäre Fliege und bestellte: »Wodka Martini.«

»Geschüttelt oder gerührt?«

»Sehe ich aus als würde mich das interessieren?«, fragte Philipp zurück.

Viktoria bestellte einen Prosecco, dann fragte sie ihren Freund: »Glück gehabt?«

Dieser antwortete: »Man soll doch aufhören, wenn es am schönsten ist. Achtzig Euro Gewinn.«

Viktoria nickte anerkennend: »Bei mir sind es zwanzig. Zusammen reicht das für ein schickes Essen für uns beide.«

»Oder für eine Anzahlung auf unseren Ausflug morgen«, sagte Philipp.

»Gesprochen wie ein wahrer Romantiker«, seufzte Viktoria, verdrehte die Augen und nahm einen Schluck ihres Drinks. Dann sah sie Philip kritisch an und fragte: »Wenn es so gut bei dir gelaufen ist, warum blaffst du dann den armen Kellner so an?«

»Ich wollte ihn gar nicht anblaffen, aber wo ich schon mal im Casino bin, konnte ich mir diesen Spruch einfach nicht verkneifen«, antwortete Philipp.

Lässig lehnten sich die beiden gegen die Theke und beobachteten die anderen Spieler in dem kleinen Bordcasino. Andreas drückte immer energischer auf dem Tisch herum und beschimpfte die Kugel. Marie hatte es aufgegeben, selbst zu spielen und beobachtete belustigt den immer mehr in Rage geratenden Andreas aus nächster Nähe.

Kim hatte zwischenzeitlich ihren Platz verlassen und sich direkt neben den Herrn im Anzug gesetzt, der vor jedem Einsatz ihre Hand drückte. Das Wort ›Glücksfee‹ wehte zu Philipp und Viktoria herüber. Philipp tat als würde er sich in seinen Wodka Martini erbrechen und er und Viktoria wandten sich, ein Lachen unterdrückend, vom Roulettetisch ab.

Vor dem Bildschirm mit dem Kartenspiel saß eine Frau mit kurzen, hellen Haaren auf einem Hocker und beschimpfte ähnlich wie Andreas das Spielgerät. Im Gegensatz zu Andreas fand sie dazu jedoch eine überaus deutliche Sprache, die eine beeindruckende Vielfalt an Schimpfwörtern beinhaltete. Wütend leerte sie zwischen zwei Spielen ihr Glas und bedeutete mit einem ungehaltenen Kopfnicken dem Kellner, ihr ein weiteres zu bringen.

Philipp musste gähnen. Viktoria sah ihn an und sagte: »Ich bin auch müde. Lange sollten wir nicht mehr machen, morgen wird anstrengend genug.«

Philipp versuchte, Blickkontakt zu Andreas herzustellen, und sah ihn, als es ihm endlich gelungen war, auffordernd an. Andreas nickte: »Letzte Runde.«

Die eine Hand des Anzugträgers ruhte inzwischen auf Kims Schulter. Mit der anderen platzierte er weiter fleißig seine Einsätze. Gelegentlich deutete Kim auf ein Feld, das er dann auch prompt bediente.

Mittelprächtig gut gelaunt zog Andreas seine Bordkarte aus dem Schlitz im Tisch und gesellte sich gemeinsam mit Marie zu Philipp und Viktoria an die Bar.

Er orderte ein Bier und fragte Philipp: »Gleich ab in die Koje?«

Philipp gähnte erneut herzhaft und nickte. Viktoria fragte an ihrem Freund vorbei: »Habt ihr was gewonnen?«

Marie antwortete: »Achtzehn Euro verloren.«

»Und du? Hat dein komisches System funktioniert?«, fragte Philipp Andreas. Der warf ihm einen vernichtenden Blick zu und antwortete düster: »Ja, ganz phantastisch. Einen Euro habe ich rausgeholt.«

Philipp legte ihm tröstend die Hand auf die Schulter und sagte: »Ach, Kopf hoch! Du weißt doch: Pech im Spiel, Glück in der Liebe.«

Er ließ seine Worte kurz wirken, dann fragte er: »Hat eigentlich einer Nadine heute schon gesehen?«

Hinter der Theke köpfte einer der Kellner eine sehr teuer aussehende Flasche Champagner und trug sie gemeinsam mit zwei Gläsern zu Kim und ihrem Anzugträger herüber.

»Ich glaube«, sagte Marie nachdrücklich, »es wird Zeit, zu gehen.«

Sie leerten ihre Gläser und traten den Weg auf ihre Kabinen an. Am Ausgang des Casinos hörten sie Kim noch einmal laut kichern, doch niemand von ihnen drehte sich zu ihr und dem Anzugträger um.

»Was meint ihr, war jetzt wieder los?«, fragte Andreas.

»Keine Ahnung«, antwortete Marie mit einer für sie ungewohnten Bitterkeit in der Stimme. »Vielleicht hat die Champagner so schön gekribbelt in die Bauchnabel?«

Philipp warf einen fragenden Blick zu Viktoria herüber, die jedoch abwinkte und sich stattdessen bei ihm unterhakte, während sie vor einem der zahlreichen Treppenhäuser auf einen Fahrstuhl warteten.

Der Lift gab die Türen frei und die vier stiegen ein. Schon während sie nach oben fuhren, verabschiedeten sie sich und wünschten sich gegenseitig eine gute Nacht. Auf Deck dreizehn stiegen dann Viktoria und Marie aus, zwei Decks höher auch die Jungs.

Kurz vor ihrer eigenen Kabinentür sagte Andreas: »Morgen sollten wir uns unbedingt mal die Kabine der Mädels ansehen.«

»Ich bin auch neugierig«, bestätigte Philipp. Er sperrte die Tür auf, trat ein und ließ sich auf sein Bett fallen. Andreas trabte direkt weiter ins Bad, wo er sich mit allerlei Getöse für die Nacht fertig machte.

In dem Moment, in dem er wieder aus dem Bad trat, öffnete sich die Kabinentür erneut und Thomas lehnte im Türrahmen.

»Krasser Seegang«, lallte er und versuchte, Philipp zuzuzwinkern, was jedoch eher nach einem wilden Grimassenziehen aussah. Dann schwankte er mit mehreren Wandkontakten an Andreas vorbei ins Bad.

Andreas sah ihm kurz mit in Falten gezogener Stirn nach, dann ließ auch er sich neben Philipp auf sein Bett fallen und sagte: »Du kümmerst dich darum, dass er in seine Koje kommt. Ich hab' für heute Feierabend.«

Er drehte sich um, warf seine Decke über sich und schloss die Augen.

Madeira

Ein lautes Stöhnen war das Erste, was Philipp am nächsten Morgen von sich gab. Andreas öffnete seine Augen. Er lag noch genauso da, wie er am Abend zuvor eingeschlafen war. Nichts hatte ihn in der Nacht dazu gebracht, sich zu bewegen. Nicht die ganze Reihe größerer Wellen, die gegen das Schiff geschlagen waren, nicht Philipps nächtlicher Ringkampf mit Thomas bei dem Versuch, diesen in sein Bett zu hieven und auch nicht die zwei Male, die Thomas sein Bett später wieder verlassen musste, um sich den Abend nochmal durch den Kopf gehen zu lassen.

»Was ist los?«, fragte Andreas Philipp. Dieser stöhnte noch einmal auf, dann antwortete er: »Ich habe die Kopfschmerzen, die Thomas eigentlich verdient hätte. Wetten, der steht gleich auf als ob nichts wäre?«

Wie aufs Stichwort kletterte Thomas zwischen seinen beiden Freunden hindurch aus dem oberen Bett und fragte: »Was soll denn sein?«

Philipp stöhnte zum dritten Mal auf, doch dieses Mal klang es eher als würde es dem Schmerz über die Ungerechtigkeit in der Welt als dem in seinem Kopf gelten.

Andreas reichte ihm eine Kopfschmerztablette, die er dankend schluckte. Dann schloss er nochmal seine Augen, während Thomas und Andreas zum Frühstück gingen.

Sie beluden sich ihre Teller großzügig mit Rühr- und Spiegelei, Speck, Würstchen, Lachs sowie Weiß-, Toast- und Körnerbrot. Daneben stellte jeder der beiden noch ein kleines

Schälchen mit Früchtequark. Sie ließen sich an einem kleinen Ecktisch nieder und sofort erschien Herr Obst, der fragte: »Moin, Jungs, was darf ich euch zu Trinken bringen?«

»Guten Morgen, Herr Apfel«, antwortete Andreas gut gelaunt, »wir würden drei Kaffee nehmen.«

Thomas sah dem Kellner nachdenklich nach, als dieser sich wieder vom Tisch entfernte.

Andreas musterte Thomas argwöhnisch: »Ist was?«

Thomas schüttelte den Kopf, dann machte er sich über sein Frühstück her.

Kurz nachdem der Kaffee auf dem Tisch stand, erreichte auch Philipp diesen. Mit kleinen Augen und weißem Gesicht bedankte er sich für den bereits für ihn mitbestellten Kaffe und widmete sich dann seinem nicht ganz so opulenten wie bei den beiden anderen ausfallenden Mahl.

Mit dem Essen schienen seine Lebensgeister wieder zu erwachen. Zumindest kehrte ein wenig Farbe in sein Gesicht zurück.

Um halb neun piepte Thomas' Uhr und die drei erhoben sich von der Tafel, um auf ihre Kabine zurückzukehren, die bereits für den Ausflug fertig gepackten Rucksäcke zu holen, sich noch etwas Sonnencreme in die Gesichter zu schmieren und anschließend zum Treffpunkt am Hafen aufzubrechen.

Während sie das Schiff über die Gangway verließen, sagte Andreas: »Schade, dass die hier im Casino keine richtigen Würfel haben. Eigentlich wollte ich, dass Thomas die küssen muss, wie bei diesen ganzen Casino-Filmen.«

»Al-«, sagte Philipp, unterbrach sich jedoch selbst mitten im Wort.

»Al-?«, fragte Andreas. »»Al-‹ wie ›Alea‹? Wolltest du da etwa einen römischen Feldherren zitieren?«

»Entscheidend ist«, antwortete Philipp, »dass ich es nicht getan haben.«

Das Schiff war an einem der äußersten Liegeplätze des Hafens von Funchal angetäut, sodass die Jungs einen etwas weiteren Fußweg zum Treffpunkt mit dem Veranstalter ihres Ausflugs hatten.

»Wollen wir auf die Mädels warten?« fragte Thomas, als sie ein historisches Steintor passierten, das den Zugang zum Anleger markierte.

Philipp antwortete: »An sich gerne, aber ich glaube, es ist besser, am Treffpunkt zu warten, damit der Typ nicht ohne uns abhaut.«

Thomas nickte und sie setzen ihren Weg am Hafenbecken entlang fort zum CR7-Museum, vor dessen Eingang sie sich mit dem lokalen Ausflugsveranstalter treffen wollten. Sie erreichten das unscheinbare Gebäude. Dass sie dort richtig waren, war unschwer an einer Bronzestatue zu erkennen, die mit unnötig weit hochgezogenen Hosenbeinen bereit zum Freistoß stand. Wer sonst außer Christiano Ronaldo veranstaltete schon diese theatralische Show?

Ihre Kontaktperson war noch nicht da und so nutzten die Jungs die Gelegenheit, um Fotos mit der Statue zu machen, auf denen sie selbstverständlich auch die weltbekannte Pose des portugiesischen Rekordnationalspielers einnahmen oder auch dem bronzenen Fußballer an eine durch häufiges Berühren besonders blank polierte Stelle zwischen den Beinen fassten.

»Muss ich mir etwa Sorgen machen?« rief Viktoria aus einiger Entfernung, als Philipp seine Hand auf die fast schon golden schimmernde Stelle der Statue legte.

Er zog seinen Arm zurück, drehte sich zu seiner Freundin um und rief zurück: »Ach, bitte. Der Kerl ist doch maßlos überschätzt!«

»Na, wenn das so ist«, sagte Viktoria, schritt an ihrem Freund vorbei und legte ebenfalls Hand beim Bronzemann an.

Philipp zog die Augenbraue hoch: »Muss *ich* mir etwa Sorgen machen?«

Viktoria lächelte ihn unschuldig an, posierte für weitere Fotos, die Marie mit ihrem Handy machte, dann tauschten die Mädchen der Reihe nach durch.

Andreas hatte inzwischen durchgezählt und fragte: »Wo ist denn Kim?«

»Kommt«, antwortete Helena.

»Es kann sich nur noch um Stunden handeln«, bestätigte Lena.

Ein klappriger Minibus hielt am Straßenrand, ein Portugiese stieg aus und fragte in ihre Richtung: »Senhor Philipp?«

»Si«, antwortete Philipp und schritt auf den Fragenden zu. Sie schnappten sich ihre Rucksäcke und stiegen in den in die Jahre gekommenen Minibus. Der Portugiese, ein Mann von etwa dreißig Jahren mit dunklerem Hautton und sportlicher Figur, zählte zweimal durch, dann fragte er: »Alle da?«

Lena antwortete leicht genervt: »Nein, eine fehlt noch.«

Nach einem Blick durch die Heckscheibe des Gefährts ergänzte sie: »Da hinten kommt sie.«

Kim lief die Hafenpromenade entlang, vorbei an dem Geschäftsmann, der auch heute ohne sein Handy, dafür aber im Christiano-Ronaldo-Trikot zielstrebig auf das Museum zusteuerte. Keuchend erreichte sie den Bus, stieg ein und ließ sich schwer atmend auf einen freien Sitz in der ersten Reihe sinken.

Der Portugiese ließ sich auf dem Platz hinter dem Fahrer nieder, tippte diesem auf die Schulter und rief dann nach hinten: »Alle bereit?«

Er erntete zustimmendes Gemurmel, jedoch keinesfalls das euphorische Jubeln, auf das er seinem Gesichtsausdruck nach gewartet hatte. Die Türen schlossen sich und der Fahrer fädelte in den fließenden Verkehr ein, indem er einmal hupte und dann ohne Rücksicht auf Verluste oder nachfolgende Autos auf die Fahrbahn zog.

»Deutsche immer so ernst«, murmelte der Portugiese auf dem Sitz direkt hinter dem Fahrer und in der letzten Reihe sagte Thomas: »Ich glaube, der hier und der Busfahrer auf Gran Canaria sind Brüder.«

»Zumindest hatten sie denselben Fahrlehrer«, bestätigte Marie, während sie mit atemberaubender Geschwindigkeit und ächzendem Fahrwerk mehrere Kurven und Kreisverkehre passierten.

Schließlich hielt das Gefährt mit quietschenden Reifen vor einer Art Kiosk, dessen Fenster mit diversen Flyern und Plakaten zugeklebt waren, die allesamt sportliche Freizeitaktivitäten auf Madeira anpriesen. Unter anderem auch das Canyoning, für das sich die kleine Gruppe vom Schiff entschieden hatte.

Nacheinander traten sie aus dem Bus in den Kiosk, sagten dort einer Dame hinter der Theke ihre Größen und bekamen Schuhe, Strümpfe, Neoprenanzüge und je einen Helm herübergereicht. Als alle versorgt waren und sich in einer Reihe vor dem Kiosk aufgestellt hatten, sagte ihr Guide: »Helme, Schuhe und Strümpfe bitte anprobieren. Ist wichtig, dass die genau sitzen, Anzüge passen schon irgendwie.«

Da es nur zwei kleine Bänke gab, auf denen mit Mühe jeweils zwei Personen Platz fanden, war das Anprobieren der Strümpfe und Schuhe mit viel Gewackel und einigen Beinahe-Unfällen verbunden. Die Jungs und Mädels stützten sich gegenseitig, um nicht allesamt auf dem Hosenboden zu landen.

Noch während sie ihre teilweise höchst artistischen Gleichgewichtsübungen vollführten, hielt ein zweiter, noch maroderer Minibus vor dem Kiosk. Aus dem Gefährt stiegen neben einem weiteren Guide auch eine Frau Mitte vierzig sowie ein Mann und eine Frau in den Dreißigern, bevor das klapperige Vehikel wieder abfuhr. Bei den beiden Jüngeren schien es sich um ein Paar zu handeln. Die ältere Frau trug eine Kamera mit einem Gurt um den Hals, die sie auch sofort zückte, um den kleinen, plakatbeklebten Kiosk zu fotografieren. Dabei rief sie: »Nein, wie urig!«

Der neue Tourguide sah seinen Kollegen an und sagte leicht genervt: »Os alemaes.«

Philipp und Helena mussten nach der Anprobe noch einmal in den Kiosk und sich die Schuhe jeweils eine Größe kleiner geben lassen. Auch Marie trat noch einmal vor die Theke. Sie allerdings, da einer ihrer Strümpfe ein Loch hatte, das größer war als ihre Hand.

Nachdem auch die drei Neuankömmlinge mit der passenden Ausrüstung ausgestattet waren und sich in einer Reihe aufgestellt hatten, baute sich der athletische Junge Mann, der die Gruppe vom Schiff abgeholt hatte, vor ihnen mit hinter dem Rücken verschränkten Armen auf, schritt in bester Militärmanier die Reihe ab und sagte: »Guten Morgen, mein Name ist Luis, das ist mein Kollege Alfonso. Wir leiten heute die Tour. Wir machen das seit über acht Jahren, euch wird also nichts passieren, es ist alles sicher. Ihr müsst trotzdem aufpassen, wo ihr hintretet, es ist rutschig und glatt. Seid ihr bereit?!«

Von den Kreuzfahrenden sowie dem Pärchen kam zustimmendes Gemurmel, nur die ältere Dame riss euphorisch ihre Arme samt Kamera in die Luft und juchzte laut.

»Dann steigt ein und los geht's«, sagte Luis und schwang sich in den maroden Minibus. Nacheinander folgte die gesamte Gruppe und ließ sich auf den Sitzen nieder, die Helme auf dem Kopf, Neoprenanzüge, Rucksäcke, Schuhe und Strümpfe auf dem Schoß.

Mit gewohnt rasantem Fahrstil ging es vom Kiosk aus auf eine Hauptstraße, dann ins Inselinnere und die Berge hinauf. Die Straßen wurden schmaler und die Schlaglöcher größer. Doch das hielt den Fahrer freilich nicht davon ab, eine neue Bestzeit erreichen zu wollen. Erst als er ein besonders großes Schlagloch zielsicher mit dem linken Vorderrad erwischte und der Bus mit der Karosserie leicht auf der Fahrbahn aufsetzte, verlangsamte er das Gefährt ein wenig, doch das lohnte kaum noch, denn zwei Kurven später hielten sie auch schon an. Philipp blickte zu der neben ihm sitzenden und nervös auf ihrem Platz hin und her rutschenden Viktoria herüber.

»Keine Sorge«, sagte er, »das wird ein ganz entspannter Trip.«

Seine Freundin nickte und versuchte ein Lächeln, wirkte jedoch nicht vollständig überzeugt.

»Zumindest entspannter als die Busfahrt«, ergänzte Philipp seinen Ermutigungsversuch.

Von der Blumeninsel selbst hatten sie nicht viel auf ihrer haarsträubenden Fahrt gesehen. Lediglich einige bepflanzte Kreisverkehre und Verkehrsinseln sowie einen großen Friedhof, der angesichts ihres Fahrers fast schon wie ein dunkles Omen wirkte.

Der Parkplatz, auf dem sie nun gehalten hatten, lag jedoch im Gebirge und war umwachsen von Grün aller Art. Gräser, Farne, Büsche, Sträucher und verschiedene Laub- und Nadelhölzer umgaben sie.

Auf den Blättern lag noch der Morgentau. Hier oben war es deutlich frischer als im Hafen und die Luft war feuchter. Doch dafür war es auch deutlich stiller. Außer ihnen war kein Mensch zu hören. Lediglich einige Vögel zwitscherten in den Bäumen und aus einiger Entfernung drang das Rauschen eines Wasserfalls zu ihnen herüber, als sie aus dem Minibus ausstiegen. Nur ganz entfernt war ein hupendes Fahrzeug zu hören. Vielleicht fädelte dort gerade wieder ein Minibus in den fließenden Verkehr ein.

Als Letzter verließ Luis den Bus, klatschte enthusiastisch in die Hände und rief: »Ok, Leute, umziehen und dann geht's los!«

Er selbst und Alfonso hatten Poncho-Handtücher, unter denen sie sich bequem umziehen konnten. Die Jungs und Mädels vom Schiff sahen sich suchend und leicht beschämt um, fanden jedoch keine Umkleidekabinen auf dem Parkplatz oder in der umliegenden Natur, sodass ihnen nichts anderes übrig blieb, als sich mit Handtüchern zu umwickeln und unter erneuter Vollführung höchst eigenwilliger Gleichgewichtsübungen in ihre Bademontur zu schlüpfen. Deutlich schmerzfreier war das zur Gruppe gehörende Pärchen in den Dreißigern, das sich den anderen zwischenzeitlich als Becky und Dave vorgestellt hatte und völlig unbekümmert mitten auf dem Parkplatz blank zog. Ganz im Gegenteil: Sie schienen die verschämten Blicke der restlichen Gruppe sogar geradezu provozieren zu wollen.

Die Gruppenälteste, Claudia mit dem Fotoapparat, zog sich im Minibus um.

Nachdem die Badekleidung saß, zwängten sie sich alle mit viel Mühe in die engen Neoprenanzüge, wobei sie sich gegenseitig helfen mussten, da sich die Anzüge als sehr störrisch herausstellten. Andreas kippte bei dem Versuch, sein Bein schwungvoll hineinzustoßen, sogar um und musste sich unter dem allgemeinen Gelächter der anderen wieder vom sandigen Parkplatzboden aufrappeln.

»Ich fühle mich wie eine Presswurst«, keuchte Helena, während sie versuchte, den Reißverschluss ihres Anzugs das letzte Stück vom Bauch bis zum Hals hochzuziehen.

Thomas, der bereits fertig in Neopren verpackt war, machte Anstalten, ihr helfen zu wollen, doch Kim kam ihm zuvor und zog Helenas Reißverschluss mit einem Ruck nach oben, der ihr kurz die Luft wegbleiben ließ.

Den Anzügen folgten Strümpfe und Schuhe, dann überreichten Luis und Alfonso jedem ein Klettergeschirr, das sie über den Neoprenanzügen festzogen.

»Ab jetzt«, sagte Luis und klopfte demonstrativ auf seinen hellblauen Helm, »bleiben die Helme auf, bis wir wieder hier auf dem Parkplatz sind.«

Er und Alfonso, den er kurz ›Fonsi‹ nannte, prüften mit einem kräftigen Griff den korrekten Sitz des Klettergeschirrs jedes Einzelnen, dann sagte Luis: »So, wenn ihr noch was essen oder trinken wollt, ist jetzt die Gelegenheit und dann geht der Spaß los.«

Mit Blick auf Claudia ergänzte er noch: »Die Kamera würde ich hierlassen.«

Marie drehte sich zu ihren Freunden um und fragte in die Runde: »Sagt mal, erinnert der euch nicht auch total an Carlos aus dem Hotel letztes Jahr?«

Thomas antwortete: »Sehen für dich etwa alle Spanier gleich aus?«

Marie sah ihn verunsichert an: »Natürlich nicht. Außerdem ist Luis Portugiese.«

Andreas nickte: »Ich weiß, was du meinst.«

119

Auch die anderen murmelten zustimmend und Thomas sagte grinsend: »Und Fonsi erinnert mich an Felix. Der war auch nicht der Gesprächigste.«

»Solange sich keiner von denen als Zauberer versucht, soll es mir recht sein«, sagte Viktoria.

Hängepartie

Nachdem die Rucksäcke im Minibus verstaut waren, dieser abgeschlossen und der Schlüssel sicher in dem überdimensionalen Kletterrucksack von Fonsi untergebracht war, setzte sich die Gruppe in Bewegung. Zuerst einen schmalen Pfand entlang, der allem Anschein und den am Boden verstreut liegenden Ausscheidungen nach auch von den heimischen Bauern genutzt wurde, um Vieh in die Berge zu treiben. Irgendwann rief Fonsi den beiden Vorauslaufenden, Philipp und Viktoria, zu: »Stopp. Wir müssen durch das Tor da vorne.«

Tatsächlich war auf der rechten Seite am Wegesrand zwischen zwei Bäumen ein unscheinbares Holztor, das den Durchgang zu einem rutschigen Trampelpfad freigab, der zwischen Wurzeln und totem Gehölz einige Meter den Berg hinabführte. Da der Weg links und rechts des Tores jedoch keineswegs durch Mauern oder Zäune begrenzt war, hätte es eigentlich auch dieses Holztor nicht gebraucht.

Das Rauschen des Wasserfalls wurde lauter. Luis übernahm die Führung der Gruppe, bog um eine Ecke und verschwand aus dem Blickfeld der anderen. Als sie ihn wieder eingeholt hatten, war er bereits dabei, ein Kletterseil durch eine Metallöse zu ziehen, die in einen Felsen am Flussufer geschraubt war. Direkt dahinter stürzte das Wasser des Flusses geräuschvoll etwa acht Meter in die Tiefe.

Luis zog prüfend am Seil, blickte grinsend zu den anderen auf und fragte strahlend: »Seid ihr bereit?«

Niemand riss sich darum, als Erstes in das knapp einen Meter tiefe Flussbett zu steigen. In der letzten Reihe murmelte Andreas: »Ich habe das Gefühl, ab jetzt geht es mit unserem Urlaub steil bergab.«

»Und ich habe das Gefühl«, antwortete Thomas, »mit dem Seil da vorne kann man auch prima jemanden für seine Wortspiele erdrosseln.«

Alfonso sprang zu Luis ins Wasser und übernahm seine Position an der Öse. Luis ging in die Knie und sprang, gesichert an dem Seil mit nicht mehr als viermal Abstoßen den Wasserfall hinunter. Unten angekommen rief er hoch: »Und jetzt ihr.«

Immer noch riss sich niemand darum, den Anfang zu machen. Schließlich trat Philipp einen Schritt nach vorne und glitt in das Flussbecken.

»Huch!«, sagte er und atmete stoßartig ein.

»Was ist los?«, fragte Viktoria vom sicheren Ufer aus.

Philipp antwortete ihr: »Merkst du gleich selbst.«

Alfonso befestigte das Seil an Philipps Karabinerhaken, erklärte ihm, wie er sich gegen die Felswand drücken sollte, dass er möglichst nicht an das Seil unterhalb des Hakens fassen durfte und immer eine gewisse Körperspannung halten musste. Dann griff er in Philipps Klettergurt und hielt ihn daran fest, während Philipp sich für den ersten Abstieg in Position brachte.

Alfonso brüllte den Wasserfall hinunter: »Bereit, Luis?«

»Fonsi!«, rief der Gefragte bestätigend zurück und streckte seinen Daumen in die Höhe.

»Und los geht's«, sagte Fonsi und ließ Philipps Geschirr los. Philipp kippte langsam nach hinten. Gehalten durch das Seil stand er nun gegen die Felswand gelehnt. Das eisige Wasser des Flusses klatschte ihm ins Gesicht. Er schloss kurz die Augen, dann öffnete er sie wieder und stieß sich leicht von der Wand ab. Mit kleinen Minischritten hüpfte er die nasse und glitschige Felswand des Wasserfalls hinunter, bis er schließlich neben Luis in das Flussbett sank. Der klopfte ihm aufmunternd auf die Schulter und sagte, während er Philipp routiniert aus dem Seil löste:»War doch gar nicht so schlecht fürs erste Mal.«

Von oben hörten sie ein mehrstimmiges Kreischen, als die Mädchen ins kalte Wasser sprangen. Nach und nach kamen sie alle den Wasserfall hinunter. Die eine mehr schlitternd als hüpfend, die andere schon eleganter. Den unwürdigsten Auftritt legte Lena hin, die nach etwa einem Meter im Wasserfall mit dem Fuß von der Wand abrutschte und bis unten keinen Halt mehr fand, sodass sie einem nassen Sandsack nicht unähnlich mit dem Seil hinuntergelassen wurde.

»Einfach mal abhängen« kommentierte Andreas amüsiert den Vorgang.

Lena folgten Dave und Becky, die den Abhang deutlich stilvoller nahmen. Ganz so, als hätten sie das schon einmal gemacht. Dann schlitterte Claudia den Wasserfall laut kreischend hinab und schlussendlich sprang Fonsi, ähnlich wie Luis zuvor, mit wenigen Sprüngen zu ihnen herab, löste das Seil mit einem gekonnten Griff aus seinem Geschirr und zog es zu sich herunter.

Die Gruppe beobachtete interessiert, wie das Ende des Seils den Wasserfall hinunterfiel und sorgsam aufgewickelt wieder im Kletterrucksack verschwand.

»Wie geht das?« fragte Claudia, die scheinbar das Vertrauen in die Seile und ihre Kletterführer in diesem Moment komplett verloren hatte.

»Er hat den Knoten gewechselt« beruhigte sie Luis, dann zog er sich an einem Felsvorsprung aus dem Wasser und kletterte von Stein zu Stein neben dem Fluss entlang. Die Gruppe tat es ihm gleich, bis der gewählte Weg unvermittelt endete. Sie standen an einer Felskante und blickten in das locker vier Meter unter ihnen liegende Flussbett hinab.

»Und jetzt?«, fragte Claudia mit zitternder Stimme.

Fonsi lachte: »Springen!«

Claudia wurde bleich. Auch der Rest der Gruppe war nicht gerade begeistert und Philipp sagte frei heraus: »Dieses Mal mache ich nicht den Anfang.«

»Männer«, sagte Kim geringschätzig, machte einen Schritt an den Jungs vorbei und sprang unvermittelt die Klippe hinunter. Die Gruppe oben auf dem Felsen warf sich ungläubige und verwirrte Blicke zu. Dann trat Marie nach vorne und sagte: »Wo sie recht hat...«

Mit einer blitzsauberen Arschbombe landete sie neben der wieder aufgetauchten Kim im Wasser.

»Was ist denn jetzt los?«, fragte Andreas und sah immer noch verwirrt von einem zum anderen.

Thomas zuckte mit den Schultern: »Keine Ahnung. Ich frage mal nach.«

Und schon war auch er gesprungen.

Als Nächstes wagten Philipp und Viktoria Hand in Hand den gemeinsamen Absprung. Ihnen folgten Becky und Dave, ebenfalls Hand in Hand, dann Andreas, Helena und Lena. Luis und Alfonso redeten oben auf Claudia ein, doch sie ließ sich trotz alle Überredungskünste der beiden Guides nicht von einem Sprung überzeugen. Schließlich reichte Alfonso Luis seinen Kletterrucksack, drehte sich um und führte die geknickt wirkende Claudia den Felsweg entlang wieder zurück.

Luis schmiss den Rucksack die Klippe hinunter, sprang dann selbst hinterher und erklärte den anderen, nachdem er wieder aus dem Wasser aufgetaucht war, dass Claudia und

Fonsi ein paar Meter weiter unten wieder zu ihnen stoßen würden.

Sie schwammen einige Meter durch das Flussbett, das an dieser Stelle mehrere Meter tief war, bis sie schließlich einen weiteren Wasserfall erreichten. Dieser war insgesamt nicht ganz so tief wie der erste, bestand dafür jedoch aus mehreren Stufen und Felsvorsprüngen.

Luis machte das Seil fest, erklärte ihnen, welchen Weg sie nehmen sollten und wie sie das Seil unten angekommen wieder lösen konnten. Dann schnallte er Andreas als Ersten fest und ließ ihn über die Klippe springen.

Ihm folgte Thomas, der sich, kaum dass er unten im Wasser angekommen war, von Andreas anhören musste: »Du bist wirklich der hässlichste Seiltänzer, den ich je gesehen habe.«

»Aber du hast mich gesehen«, antwortete Thomas und deutete eine leichte Verbeugung an.

Nachdem alle wohlbehalten unten angekommen waren, ging es weiter durch das Flussbett. Das war jedoch nicht mehr so tief, dass man darin schwimmen konnte. Stattdessen kraxelte die Gruppe über die unter der Wasseroberfläche liegenden Steine und nicht selten rutschte jemand ab und landete mit einem lauten, spritzenden Platscher und unter dem Gelächter der anderen im kalten Wasser. Als es Philipp erwischte und er prustend wieder auftauchte, sagte Andreas hämisch grinsend: »War ja klar, dass du mit dieser Aktion hier baden gehst.«

»Das kannst du doch besser«, antwortete Philipp.

»Wollte ich über deine Kletterfähigkeiten auch gerade sagen«, erwiderte Thomas.

Der Weg führte sie weiter mal durch den Fluss, mal daneben her. Inzwischen waren auch Fonsi und Claudia wieder zu der Gruppe gestoßen. Die beiden waren plötzlich hinter einer

Biegung wieder aufgetaucht und zu ihnen in das Flussbett ge-
hüpft.

Das Becken endete wieder einmal unvermittelt und vor
ihnen rauschte der Fluss mit einigen Stromschnellen über eine
relativ glatte Felsplatte hinweg, nur, um dann außer Sicht in
einen Abgrund zu stürzen. In Claudias Gesicht zeichnete sich
schon wieder wachsende Skepsis ab.

»Keine Sorge, da geht es nur etwa einen Meter runter«, versuchte Luis, sie zu beruhigen. Dann wandte er sich auch an den
Rest der Gruppe: »Ihr legt euch einfach hier hin und rutscht
runter.«

Kaum, dass er es ausgesprochen hatte, warf er seinen Rucksack nach vorne, der augenblicklich vom Wasser mitgerissen
wurde und schließlich mit einem geräuschvollen Platschen
außer Sicht fiel. Dann drückte Luis sich selbst aus dem Wasser
empor, schwang seine Beine auf die Felsplatte, legte sich auf
den Rücken und verschränkte die Arme vor der Brust. Er
machte mit seinem Körper ein leichtes Ruckeln und schon
rutschte er davon, bis er schließlich über die Kante kippte und
es ein weiteres Platschen gab.

»Jetzt ihr«, schallte seine Stimme über die Stromschnellen
hinweg zum Rest der Gruppe herüber.

Viktoria war die Erste, die nach Luis die steinige Rutsche
ausprobierte. Ihr folgten ihre Freundinnen und die drei Herr-
schaften aus dem zweiten Minibus.

Philipp drehte sich zu seinen beiden Freunden um, die sich
schon wieder ein erbittertes Gefecht mit schlechten Wortspie-
len lieferten und sagte: »Wisst ihr, ich würde ja auch gerne
einen dummen Spruch zum Besten geben, aber zum Thema
›durch eine feuchte Spalte rutschen‹ fällt mir einfach nichts
ein.«

126

Er zwinkerte ihnen verschmitzt zu und schwang sich auf die Felsplatte. Seine beiden Freunde verdrehten im Wasser die Augen.

Am Ende der Stromschnellen ging es tatsächlich nur knapp einen Meter abwärts und der Fall wurde sanft in einem etwa doppelt so tiefen Flussbett abgefangen. Philipp tauchte wieder auf und schwamm an den nur noch etwa einen Meter tiefen Rand des Beckens, wo der Rest der Gruppe sich bereits versammelt hatte, während hinter ihm nacheinander Thomas und Andreas im Wasser landeten.

Die Gruppe bewegte sich durch das Flussbett um zwei weitere Felsen herum, einem lauten Rauschen entgegen. Hinter der letzten Kurve gab die Natur den Blick auf den letzten und größten Wasserfall des Ausflugs frei. Knapp zwölf Meter ging es hier in die Tiefe. An mehreren Stellen waren Haken in die Felsen gehauen, von denen Seile herunterbaumelten und von den tosenden Wassermassen und dem Wind hin und her geworfen wurden.

Luis erklärte, dass die Seile als zusätzliche Hilfe zum Festhalten gedacht waren, damit sie, wenn sie sich abseilten, zwischen den einzelnen Gesteinsbrocken hin und her springen konnten. Andernfalls sei der Abstieg für Anfänger zu rutschig.

Fonsi ließ sich von Luis in das Seil einhaken und zeigte der Gruppe, welche Route sie nehmen sollten. Er bewegte sich langsam den Abhang hinunter, sodass jeder genau sehen konnte, wie der richtige Weg verlief.

Nacheinander folgten sie ihm. Es ging von dem Felsen rechts des Wasserfalls einmal durch das kühle Nass auf die andere Seite, dort mithilfe eines der baumelnden Seile mehrere Meter hinunter, dann wieder quer durch den Wasserfall auf die rechte Seite, wo einmal das Halteseil gewechselt werden musste, und anschließend wieder mehrere Meter hinunter.

Das letzte Stück der Strecke verlief dann nach einem weiteren Seilwechsel genau mittig durch den Wasserfall, wo jeder von ihnen noch einmal von Kopf bis Fuß kalt abgeduscht wurde.

Nachdem Fonsi ihnen am Fuße des Wasserfalls aus dem Seil geholfen hatte, kletterten sie aus dem Wasser eine kurze in den Fels gehauene Treppe mit vier Stufen hinauf auf eine kleine Wiese neben dem Fluss, von wo aus sie die Letzten der Gruppe bei ihrem finalen Abstieg beobachten konnten.

Sie hatten in den letzten knapp viereinhalb Stunden genug gelernt, um halbwegs elegant durch den Wasserfall hinabzukommen, sodass der Anblick der Absteigenden gar nicht schlecht war.

Als Letzte war schließlich Kim an der Reihe, die im Gegensatz zu den anderen auf halber Strecke Probleme bekam, sich mithilfe des in den Fels geschlagenen Seils an dem feuchten Massiv hinunterzubewegen.

»Was ist denn jetzt los?«, fragte Viktoria.

Marie antwortete spitzzüngig: »Vielleicht muss sie ja bei den ganzen Seilen an was anderes Denken und ist abgelenkt.«

Die Jungs sahen Marie überrascht an.

»Wo kam das denn her?«, fragte Andreas.

Thomas ergänzte: »Warum so feindselig?«

Marie sah sie unbeeindruckt an und antwortete: »Was denn? Tut doch nicht so als ob ihr nicht den ganzen Tag dumme Kommentare abgegeben habt.«

»Ja schon«, antwortete Philipp, »aber...«

»Aber was?« unterbrach ihn Marie. »Nur weil ich ein Mädchen bin, darf ich das nicht, oder was?«

Philipp errötete leicht. »Das habe ich doch gar nicht gesagt.«

Marie drehte sich lachend zu Viktoria um und sagte: »Du hast recht, das macht wirklich Spaß.«

Philipp blickte verwirrt von der einen zur anderen, dann drehte er sich zu den Jungs um und sagte: »Versteh mir einer die Frauen.«

»Da sagst du was«, antwortete Thomas.

Oh Käpt'n, mein Käpt'n

Zurück im Hafen von Funchal verschlug es die Gruppe zunächst auf ihre Kabinen, um sich zu duschen und ein wenig von dem anstrengenden Ausflug und der noch einmal sehr nervenaufreibenden Rückfahrt zu erholen. Da das Schiff aber erst in einigen Stunden ablegen sollte, verabredeten sie sich für den Nachmittag zu einem entspannten Spaziergang durch die Hafenstadt. Sie hofften, einige von diesen Korbschlitten zu sehen zu bekommen, für die Funchal bekannt war und mit denen man vom Berg hinunter in die Stadt fahren oder eher rutschen konnte.

Vielleicht war es einfach schlechtes Timing, vielleicht auch nur ein mieser Orientierungssinn, jedenfalls sahen sie nicht eines dieser ominösen Gefährte. Lena wollte gerne noch ein Stück weiter den Berg hinauf gehen und vielleicht von dort sogar selbst mit einem dieser Schlitten die halsbrecherische Fahrt nach unten antreten, doch mit einem Blick auf die Uhr lehnten die anderen das ab. Es wurde allmählich Zeit, den Rückweg anzutreten, da das Schiff in weniger als einer Stunde auslaufen sollte.

»Außerdem habe ich auf dieser Reise schon genug irre Rennen gefahren«, ergänzte Viktoria.

Leicht enttäuscht kehrten sie zum Hafen zurück, wo sie sich noch einmal an der Statue von Christiano Ronaldo vergingen und anschließend wieder an Bord des Schiffs zurückkehrten. Auf der Gangway erklärte Helena: »Ich gehe später noch ein bisschen ins Fitnessstudio. Kommt wer mit?«

Nach dem Canyoning am Vormittag und dem Spaziergang am Nachmittag stieß die Aussicht auf noch mehr Sport weniger auf Begeisterung als vielmehr auf Unverständnis und ungläubiges Kopfschütteln, doch schließlich sagte Philipp: »Ja, Andreas kommt mit.«

»Ach?«, sagten Andreas und Helena wie aus einem Mund und mit ähnlich überraschtem Tonfall.

Sie nahmen den Fahrstuhl zum obersten Deck, wo sie sich backbord an der Reling aufstellten, um das Ablegen zu beobachten und einen Blick auf die anschließend hinter dem Schiff schnell kleiner werdende Insel zu erhaschen. Nicht weit von ihnen entfernt saß der Geschäftsmann mit aufgeklapptem Laptop vor sich an einem Tisch. Das Ronaldo-Trikot hatte er wieder gegen ein steifes Hemd getauscht und allem Anschein nach nahm er gerade an einer Videokonferenz teil.

Ein Kellner kam zu ihnen herüber und fragte, ob sie etwas trinken wollten. Philipp warf einen Blick auf die Barkarte, die inzwischen das erste war, was ihm sein Handy anzeigte, wenn er es entsperrte. Er entschied sich für einen Gin-Tonic. Allerdings mit anderem Gin als zuvor, denn die Karte bot eine Auswahl von sechs Gin-Tonics, die für seine Aufgabe jeder als ein eigenes Getränk zählten.

Die Mädels bestellten sich quer durch die Cocktailkarte und Thomas und Andreas nahmen jeweils einen Portwein. Der Kellner verschwand, das Schiffshorn blies und der Boden unter ihren Füßen begann zu vibrieren.

Dann ertönte durch die zahlreichen Lautsprecher an Deck die Auslaufmelodie und ganz langsam verließ das Schiff den Hafen von Funchal.

Ihre Getränke wurden serviert und nachdem sie alle miteinander angestoßen hatten, fragte Andreas Philipp: »Und warum genau soll ich jetzt mit ins Fitnessstudio gehen?«

»Um deine nächste Aufgabe zu erfüllen«, antwortete Philipp. Auf Andreas' fragenden Blick hin erklärte er weiter: »Deine nächste Aufgabe ist es, heute noch einen vollständigen Triathlon über die olympische Distanz zu absolvieren. Aber weißt du was: Ich will mal nicht so sein, wir schwimmen ja schon, das erlasse ich dir.«

Thomas, der neben den beiden stand und zugehört hatte, brach in wieherndes Gelächter aus.

»Wir schwimmen ja schon«, wiederholte er und wischte sich eine Träne aus dem Auge. Andreas sah ihn böse an und giftete: »Ja, wirklich witzig. Ich lache dann später, wenn das ok ist.«

Die Konturen der portugiesischen Insel verblassten allmählich hinter dem Schiff. Sie leerten ihre Drinks, dann gingen Helena und Andreas sich für ihren Besuch des Fitnessstudios umziehen. Thomas und Philipp wollten währenddessen der Kuchenbar einen Besuch abstatten. Sie stiegen in den Fahrstuhl, um bis auf Deck acht hinunterzufahren. Doch bereits zwei Decks weiter unten wurde ihre Fahrt unterbrochen und zwei Damen und ein Herr, jeweils in einer schicken weißen Uniform mit streifenbewährten Schulterklappen betraten den Fahrstuhl.

»Hoffentlich haben wir ruhige See«, sagte die Frau, die als einzige von ihnen eine Mütze trug.

Thomas antwortete: »Ja, das Geschaukel auf der Hinfahrt hat mir auch ein wenig zu schaffen gemacht.«

Die Frau mit Mütze auf dem Kopf drehte sich um zu ihm und sagte: »So ist das eben auf offener See. Man sagt dazu ›das Schiff atmet‹.«

»Na hoffentlich hat es keinen Schluckauf«, antwortete Thomas keck.

Philipp, der sich in eine der hinteren Ecken des Fahrstuhls zurückgezogen hatte, schlug sich geräuschvoll die Hand vor die Stirn.

Die Fahrstuhltüren öffneten sich auf Deck neun erneut und die drei Uniformierten wurden von einem weiteren Herrn in Uniform mit lediglich zwei Streifen auf den Schulterklappen begrüßt, der sofort sagte:»Pi, na endlich, wir warten schon auf dich.«

›Pi‹ war scheinbar die Frau mit der Mütze, denn diese antwortete:»Wir sind ja schon da.«

Die Uniformierten verließen zügigen Schrittes den Fahrstuhl und nachdem sich die Türen hinter ihnen abermals geschlossen hatten, fragte Thomas:»Was hast du denn auf einmal?«

Philipp erwiderte:»Hast du überhaupt eine Ahnung, wer das war?«

»Irgendwelche Crewmitglieder. Wieso?«, fragte Thomas.

»Weil sie eine Mütze auf hatte. Der oder die mit Mütze ist immer der Kapitän.«

»Die war Kapitän Kahr?«, fragte Thomas erstaunt und leicht ehrfürchtig.

»Ja. Und du Hornochse hast ihr gesagt: ›Hoffentlich hat das Schiff keinen Schluckauf‹.«

»Ich weiß nicht, was du hast. Ich habe ja nicht gesagt ›Hoffentlich hat das Schiff keinen Dünnpfiff‹.«

»Wirklich sehr originell«, sagte Philipp und schüttelte verständnislos den Kopf.

»Aber mal eine ganz andere Frage«, sagte Thomas, als die Fahrstuhltüren sich auf Deck sechs öffneten und den Weg zum Kuchenbuffet freigaben.»Wenn sie der Kapitän ist und unter Deck rumläuft, wer steuert dann das Schiff?«

»Der Steuermann, Navigator, Autopilot, Käpt'n Nemo, wen interessiert's?« entgegnete Philipp.

Sie erreichten die in einem Loungebereich stehende Theke mit den gebackenen Leckereien und entschieden sich für äußerst opulente Tortenstücke. Dazu bestellten sie sich jeweils noch einen Milchshake. Während sie auf deren Zubereitung warteten, sah sich Thomas an den umstehenden Tischen um und fragte dann Philipp mit einem spöttischen Unterton: »Der mit der Mütze ist also immer der Kapitän?«

»Ja, warum?«

Thomas deutete auf einen etwas korpulenteren Jungen in ihrem Alter, der mit Bauchtasche und schiefer Basecap in einem der gemütlich wirkenden Loungesessel saß, und fragte süffisant grinsend: »Und was für ein Kapitän ist er dann?«

Philipp verdrehte kurz die Augen, dann antwortete er: »Keine Ahnung, vielleicht der Bierkapitän.«

»Oder Captain Obvious« mutmaßte Thomas, als sie ihre Bestellung entgegennahmen.

»Nein, das wäre zu offensichtlich« sagte Philipp.

Thomas blickte als wollte er Philipp für dieses Wortspiel körperlich züchtigen. Da er jedoch keine Hand frei hatte, musste er sich mit einem undefinierbaren Grunzlaut begnügen.

Die beiden bahnten sich mit Kuchen und Milchshakes ihren Weg zwischen den in der Lounge verteilten Sesseln hindurch Richtung Treppenhaus. Sie nahmen jedoch nicht die Treppe, sondern gingen daran vorbei zum Fitnessstudio des Schiffs. Ein Blick durch die breite Fensterfront zeigte ihnen, dass Andreas und Helena bereits dort waren. Ohne zu zögern traten sie ein und setzten sich mit ihren Süßspeisen demonstrativ vor das Laufband, auf dem Andreas den ersten Teil seiner Aufgabe absolvierte.

»Und, wie weit bist du?« fragte Philipp und schob sich genüsslich die tortengefüllte Gabel in den Mund.

Andreas würdigte seine beiden Zuschauer bei der Antwort keines Blickes: »Gerade erst angefangen. Achthundert Meter.«

»Du weißt aber schon, dass das Laufen erst am Schluss kommt?« fragte Thomas.

Andreas sah ihn finster an und Philipp ließ Milde walten: »Du hast Glück, dass die Torte so lecker ist, da will ich mal nicht so sein. Die Reihenfolge ist mir egal.«

Nach dem dritten von Andreas auf dem Laufband zurückgelegten Kilometer stand Thomas auf, spießte ein Stück Torte auf seine Gabel und hielt sie Andreas vors Gesicht.

»Komm, weiter. Gleich hast du es«, feuerte er seinen keuchenden Kumpel an und wedelte mit dem Tortenstück.

Helena auf dem Laufband daneben, die trotz desselben Lauftempos noch deutlich entspannter wirkte, sagte: »Ich dachte, dafür nimmt man eine Karotte.«

Philipp antwortete ihr: »Bei einem Esel vielleicht. Aber auch wenn er so aussieht, ist Andreas kein Esel.«

»Stimmt«, ergänzte Thomas, »er ist ein Rindvieh.«

Thomas und Philipp nickten sich für ihren gelungenen Witz zu. Andreas nutzte die kurze Unaufmerksamkeit, um tatsächlich das Tortenstück von Thomas' Gabel zu stibitzen und im Laufen zu schnabulieren. Die gleichzeitige Koordination von Laufen, Atmen und Kauen schien ihn jedoch zu überfordern. Andreas verschluckte sich am Tortenstück und musste hustend seine Schritte verlangsamen. Er klopfte sich mehrmals energisch vor die Brust und einige Schweißtropfen fielen von seiner Stirn auf das Sportgerät. Er schluckte den Rest des Kuchens herunter und nahm wieder Tempo auf.

Helena wechselte indes vom Laufband zu den Kraftsportgeräten und Thomas und Philipp schlürften geräuschvoll direkt vor Andreas' Nase die letzten Reste aus ihren Milchshakegläsern. Dann sagte Philipp:»Wir gehen jetzt und genießen den Abend. Du machst, wenn du fertig bist, bitte jeweils ein Selfie mit dem Kilometerstand auf dem Laufband und dem Rad.«

Die beiden verließen das Fitnessstudio wieder. Auf dem Weg zum Ausgang sagte Thomas zu Helena:»Pass bitte auf, dass er nicht schummelt.«

Helena nickte nur mit rotem Kopf, während sie angestrengt weiter ihre Übung wiederholte. Was das Laufband bei ihr nicht geschafft hatte, erledigten die Kraftübungen nun: Auch sie kam allmählich ins Schwitzen.

»Die Mädels sind gerade zum Abendessen gegangen. Wollen wir uns anschließen?«, fragte Philipp und blickte von seinem Handy auf.

Thomas nickte. Dann fragte er:»Welches Restaurant?«

»Das Mediterrane«, antwortete Philipp, der schon wieder in sein Smartphone vertieft war. Schließlich steckte er es zurück in seine Hosentasche und sagte freudig:»Noch sieben.«

»Sieben was?«

»Sieben Getränke«, antwortete Philipp Thomas,»dann habe ich die Karte durch.«

Sie erreichten das Restaurant, setzten sich zu den verbliebenen vier jungen Damen an den Tisch und warteten auf den Kellner, um ihre Getränke zu bestellen. Der Kellner näherte sich und natürlich war es wieder Herr L. Obst.

»Schade, dass Andreas nicht hier ist«, sagte Philipp. Thomas antwortete:»Wie man's nimmt. Aber was mich brennend interessieren würde...«

Er wandte sich Ober Obst zu und fragte:»Wo wir Ihnen schon so viele Namen gegeben haben, dürfte ich Sie da vielleicht fragen, wofür das ›L.‹ steht?«

Herr Obst taxierte ihn. Vielleicht wog er ab, welcher Schwachsinn der Jungs ihn bei einer Antwort erwartete. Dann sagte er: »Laurenz.«

Egal, was Laurenz Obst sich für eine Reaktion ausgerechnet hatte, diese war es nicht. Die ganze Gruppe brach in schallendes Gelächter aus. Die Mädels, die bereits am Buffet vorstellig geworden waren, prusteten in ihre Speisen, Philipp klatschte laut in die Hände und Kim fiel fast vom Stuhl.

Es dauerte eine ganze Weile, bis sich alle wieder beruhigt hatten. Herr Obst stand ein wenig konsterniert daneben und beobachtete den Gefühlsausbruch am Tisch leicht pikiert. Dann sagte er: »Schön, dass Sie sich so gut amüsieren. Ich gehe dann jetzt Ihre Getränke holen, ja?«

»Sie müssen entschuldigen«, sagte Philipp, »es ist nur so, dass wir in unserem letzten Urlaub einen Laurenz kennengelernt haben.«

»Und der war ein wirklich ganz besonderer Charakter«, ergänzte Lena.

Viktoria ergänzte: »Quasi das komplette Gegenteil von Ihnen. Und das meine ich als Kompliment für Sie.«

Laurenz nickte mit immer noch argwöhnisch in Falten gezogener Stirn und entfernte sich dann mit schnellem Schritt vom Tisch.

Immer wieder brachen sie vereinzelt in Lachanfälle aus. Thomas sagte: »Also nach der Nummer müssen wir unserem Freund aber nachher ein ordentliches Trinkgeld geben.«

Philipp antwortete: »Das hat er von mir schon bekommen. Glaubst du etwa, es war Zufall, dass ausgerechnet er uns jedes Mal bedient hat?«

»Du hast ihn dafür bezahlt?«, fragte Thomas ungläubig.

»Fast«, antwortete Philipp. »Direkt am ersten Abend, nachdem ich Andreas die Aufgabe gestellt habe, bin ich nach dem

Essen zu ihm gegangen, habe ihm erklärt, dass wir Andreas ein bisschen verarschen wollen, ihm dreißig Euro in die Hand gedrückt und mir seinen Dienstplan geben lassen. Dass er Laurenz heißt, wusste ich aber auch nicht.«

Thomas schüttelte fassungslos den Kopf: »Du bist wirklich niederträchtig.«

»Ich bevorzuge ›durchtrieben‹«, antwortete Philipp.

Als die Jungs beim Nachtisch angekommen waren, gesellte sich auch Helena zu ihnen. Frisch geduscht und mit gewaltigem Appetit.

»Wie weit ist er?«, wurde sie von Thomas begrüßt.

»Charmant wie eh und je«, erwiderte sie. Dann antwortete sie auf die Frage: »Als ich gegangen bin, hatte er gerade vier Kilometer auf dem Rad geschafft.«

»Er ist also noch eine Weile beschäftigt«, stellte Philipp fest.

Helena zuckte mit den Schultern: »Da wäre ich mir nicht so sicher. Er hat sich ganz schön abgestrampelt. Es wirkte fast als ob er es eilig hätte.«

Die anderen teilten Helena den Vornamen ihres Obers mit und auch sie musste schmunzeln, rastete jedoch bei weitem nicht so sehr aus wie der Rest der Gruppe.

Nach dem Abendessen machten sie sich geschlossen auf den Weg zur Bar am Heck des Schiffs. Dabei legten sie einen kleinen Umweg zum Fitnessstudio ein, das inzwischen menschenleer war. Lediglich Andreas strampelte sich auf einem Ergometer die Seele aus dem Leib. Sein Shirt war inzwischen komplett durchnässt und von seinem Kinn fielen in kurzen Abständen Schweißtropfen zu Boden.

»Na, wie sieht's aus?«, begrüßte ihn Philipp, doch er bekam keine Antwort. Andreas strampelte verbissen weiter und öffnete den Mund nur, um Luft zu holen.

»Noch 15«, antwortete Thomas nach einem kurzen Blick auf die Digitalanzeige für ihn.

»Dann hat der Arme es ja bald geschafft« sagte Marie. Dann ließen sie ihn wieder alleine und belegten einen großen, runden Tisch in der lediglich mit einer Zeltplane überdachten Bar am Heck des Schiffs. Am Himmel über ihnen waren bereits die ersten Sterne zu sehen. Kim warf zwei Würfel auf den Tisch und fragte: »Wie wäre es mit einer Runde ›Hut‹?«

»Und danach ›Ich hab' noch nie‹?«, fragte Philipp.

»Oder ›Wahrheit oder Pflicht‹. Aber ohne die Hosentausch-regel« ergänzte Thomas.

Andreas saß keuchend auf dem Sattel. Die Pedale ruhten, doch die Räder drehten sich noch. Die digitale Anzeige auf dem Bildschirm vor ihm sprang von ›40,1 km‹ auf ›40,2 km‹. Er hatte es geschafft. Er hob sein Handy für ein Selfie mit der Kilometeranzeige hoch, verzog das Gesicht zu einer grinsenden Grimasse und drückte auf den Auslöser. Dann ließ er das Handy kraftlos wieder sinken, entspannte seine Gesichtszüge und sackte für einige Minuten auf dem Rad im menschenleeren Fitnessstudio zusammen.

Schließlich raffte er sich doch noch auf, warf einen Blick auf die Uhr – 21:38 – und trat immer noch schwer atmend und mit wackeligen Knien den Gang zur Kabine 15038 an. Dort sprang er zum dritten Mal an diesem Tag unter die Dusche, suchte anschließend sein bestes Hemd aus dem Kleiderschrank und gab sich besonders viel Mühe, Kleidung und Frisur ordentlich herzurichten.

Als er mit seinem Erscheinungsbild zufrieden war, verließ er die Kabine, guckte vorsichtig den Gang nach links und rechts herunter, dann ging er mit nochmaligem Blick auf die Uhr zügig zum Fahrstuhl und fuhr zum obersten Deck hinauf.

Die Fahrstuhltüren öffneten sich und Andreas sah sich dem Geschäftsmann gegenüberstehen. Er hatte seinen Laptop unter den Arm geklemmt und im Knopfloch seines weißen Hemds steckte eine rote Rose. Er betrat den Fahrstuhl, den Andreas gerade verlassen hatte, und richtete sich den Kragen. Andreas blickte ihm nach, dann setzte er seinen Weg fort. Er ließ seinen Blick kontrollierend über das Deck schweifen. Dann ging er backbord zu einer unscheinbaren Tür mittschiffs, auf der ›Crew only‹ stand, und klopfte dreimal. Einige Sekunden passierte nichts, dann öffnete Nadine lächelnd die Tür. Ihre Arbeitskleidung hatte sie gegen ein schickes, rotes Abendkleid getauscht und dazu passende goldene Ohrringe angelegt.

»Hi«, sagte sie etwas schüchtern.

»Wo?«, fragte Andreas. Nadine blickte ihn verwirrt an und er versuchte zu erklären: »Du weißt schon: ›Hi‹ wie ›Hai‹, also der Fisch. Weil wir doch auf dem Wasser sind. Vergiss es, war albern.«

Nadine ließ sich zu einem kurzen, künstlichen Lachen hinreißen, dann ging sie den nur wenige Meter langen, dunklen Gang, der hinter der Tür lag, entlang zu einer schmalen Treppe. Anders als die für Passagiere zugänglichen, mit Teppich ausgelegten Flure zu den Kabinen, waren Gang und Treppe hier nicht unnötig hergerichtet. Boden und Wände bestanden, ähnlich wie die Küche, die Andreas tags zuvor schon einmal unbefugt betreten hatte, aus dem nackten Metall des Schiffs. Andreas folgte Nadine und hinter ihnen fiel die Tür wieder ins Schloss.

Am oberen Ende der Treppe gelangten sie durch eine weitere Tür auf das Personaldeck. Wo tagsüber die Crewmitglieder ihre Raucher- und Erholungspausen abhielten, war jetzt kein Mensch mehr zugegen. Auf dem Deck standen vereinzelte Sonnenliegen, in einer Ecke blubberte ein Whirlpool fröhlich vor sich hin und in der Mitte der freien Fläche stand ein gedeckter Tisch mit zwei Stühlen, weißer Tischdecke und Kerzenbeleuchtung. Nadine hatte ihnen aus der Küche eines der Restaurants, die nicht im All-Inclusive-Paket enthalten waren, sondern extra kosteten, ein feudales Drei-Gänge-Menü organisiert. Getränke bot ein reichhaltig gefüllter Kühlschrank in einer der Ecken des Decks.

Die beiden setzten sich an den Tisch und begannen ihr durchaus romantisches Candle-Light-Dinner-Date unter dem nächtlichen Sternenzelt des Nordatlantiks. Abgesehen vom FKK-Deck und dem Rutschenturm, die etwa gleichauf lagen, war dies der höchste Punkt der MS Schwalbe. In einigen hundert, vielleicht auch einigen tausend Metern Entfernung konnten sie die schwach blinkenden Lichter eines anderen Schiffs sehen, das ihren Weg durch die ansonsten menschenleeren Weiten des Meeres kreuzte.

War es auf dem Weg hierher noch Andreas gewesen, der sich nervös umgesehen hatte, so war es jetzt an Nadine, den Blick in unregelmäßigen Abständen kontrollierend über das Deck schweifen zu lassen. Das entging auch Andreas nicht und er fragte: »Was ist los?«

»Crew-Mitglieder dürfen sich nicht mit Passagieren einlassen«, antwortete Nadine schlicht. Andreas nickte. Diese Information hatte zur Folge, dass sich nun beide nervös umsahen. Dennoch wurde beim Essen viel gelacht und geflirtet und als der Nachtisch verspeist war, machten die beiden einen kleinen Spaziergang über das doch recht überschaubare Personaldeck.

Ihr Spaziergang endete beim Whirpool in der Ecke. Im Gegensatz zu den diversen weiteren für alle Passagiere frei zugänglichen Whirpools auf dem Schiff war dieser auch zu nächtlicher Stunde noch beleuchtet und in Betrieb. Nadine blickte auf die blasenwerfende Wasseroberfläche und sagte: »Also... Was hältst du von einem kleinen Bad?«

Andreas schien mit sich zu ringen, als er antwortete: »Ich habe gerade leider keine Badehose dabei.«

Nach einem kurzen Stocken ergänzte er: »Aber, aber ich kann sie sofort holen.«

Nadine kicherte: »Stell dich nicht so an. Und es ist ja auch nichts, was ich nicht schon gesehen hätte...«

Andreas Gesicht lief fast so rot an wie Nadines Kleid, dessen Träger sie sich beiläufig von der Schulter strich.

»Du kannst aber auch in Unterwäsche rein, es gibt hier keinen Bademeister, der das kontrolliert« ergänzte Nadine, während ihr Kleid zu Boden glitt.

Wenige Sekunden später war Nadine in den Pool geglitten. Andreas folgte ihr etwas zögerlicher.

Umgeben von warmen Wasser und kribbelnden Blasen wurde die Stimmung schnell lockerer. Auch die nervösen Blicke der beiden ließen nach, bis sich plötzlich mit einem leichten Knarren die Tür zum Personaldeck öffnete. Nadine reagierte sofort, indem sie Andreas' Kopf packte und ohne Umschweife unter Wasser drückte. Ein Crewmitglied in einem blauen Poloshirt betrat das Deck mit einer Zigarettenschachtel in der Hand. Er nahm eine heraus und steckte sie sich in den Mund. Erst jetzt bemerkte er Nadine im Whirlpool und sagte: »Nabend.«

»Nabend, Norman« antwortete Nadine, »sag mal, würde es dir was ausmachen, in einer Stunde wiederzukommen, ich hätte gerne noch ein bisschen meine Ruhe.«

Unter Wasser klopfte Andreas leicht panisch auf Nadines Bein. Sie holte tief Luft, tauchte ihren Kopf unter und gab Andreas unter Wasser einen äußert unromantischen Kuss, der ihn mit Sauerstoff versorgte. Dann tauchte sie wieder auf und sah Norman erwartungsvoll an. Dieser steckte die Zigarette zurück in die Schachtel und sagte: »Aber nur, weil du es bist.«

Norman verließ das Deck durch die knarzende Tür und Nadine gestattete Andreas, wieder aufzutauchen. Er schnappte gierig nach Luft.

Beide mussten über die absurde Situation lachen. Über ihnen am Himmel funkelten die Sterne mit ihren Augen um die Wette. Andreas fragte Nadine: »Hast du eigentlich auch so eine schicke Uniform wie man sie aus dem Fernsehen kennt?«

Nadine sah Andreas belustigt an. Sie sagte: »Nein, Uniformen haben nur die Offiziere. Bist du jetzt enttäuscht?«

»Schon ein wenig«, antwortete Andreas. »Aber ich weiß, wie ich darüber hinwegkommen werde. Lass uns einfach auf dein Zimmer gehen und...«

»Wie unmaritim«, unterbrach ihn Nadine.

»Was meinst du?«, fragte Andreas verunsichert.

Nadine erklärte: »Wir sind hier auf einem Schiff. Da gibt es keine Zimmer, nur Kabinen. Aber ich fürchte, auf meine Kabine können wir nicht. Wir schaffen es niemals ungesehen über das gesamte Personaldeck.«

Die Enttäuschung war Andreas trotz der Dunkelheit anzusehen. Nadine munterte ihn auf: »Aber wir sind ja jetzt hier. Und so schnell wird uns hier oben auch nicht wieder jemand stören...«

Andreas zog überrascht die Augenbrauen hoch. Nadine beugte sich zu ihm herüber. Dabei drückte sie einen Knopf am Rand des Pools und die Zahl der aufsteigenden Blasen verdoppelte sich.

Niederlage und Triumph

Als Philipp und Thomas am Vorabend von ihrem feucht-fröhlichen Spieleabend mit den Mädels, bei dem Philipp sechs der verbleibenden sieben Getränke auf der Karte geschafft hatte, zurück auf ihre Kabine kamen, lag Andreas bereits im Bett und schnarchte in sein Kissen. Sie waren nach einer äußerst turbulenten Runde ›Hut‹ nicht mehr über ›Ich hab' noch nie‹ hinausgekommen und hatten beschlossen, ›Wahrheit oder Pflicht‹ auf den nächsten Nachmittag oder Abend zu verschieben, da an einem Seetag sowieso nicht so viele Möglichkeiten bestanden, sich die Zeit zu vertreiben.

Aufgrund der alkoholischen Eskapaden seiner Freunde war es daher nur wenig überraschend, dass Andreas morgens der Erste war, der erwachte und mit unnötig viel Gepolter sein Bett verließ. Dadurch wurden auch die beiden anderen Bewohner der Kabine 15038 wach und Andreas forderte: »Guten Morgen, Thomas. Wo du schon mal wach bist, kannst du mir auch direkt einen Kaffee holen gehen.«

»Hol dir deinen dämlichen Kaffe doch selbst‹, brummte Thomas schlecht gelaunt in sein Kissen.

Philipp richtete sich in seinem Bett auf und sah Thomas ebenso überrascht an wie Andreas, der in seiner Bewegung erstarrte und fragte: »Heißt das, du gibst auf?«

Thomas streckte sich, gähnte herzhaft, dann warf er die Bettdecke zurück, kletterte behände aus seinem Bett, schob sich an Andreas vorbei zum Bad und sagte, bevor er die Tür hinter sich schloss: »Das heißt vor allem, dass ich keinen Bock mehr habe, deinen Lakai zu spielen.«

»Wirst du schlau aus dem Jungen?«, fragte Andreas Philipp. Der hob ratlos die Hände, schüttelte den Kopf und vergrub sich noch einmal unter seiner Bettdecke.

Eine gute Viertelstunde später saßen die Jungs beim Frühstück. Thomas vor einem Cappuccino, Philipp bei einem Kakao und Andreas mit einem schwarzen Kaffee in der Hand, den er sich selbst geholt hatte.

»Dann erzähl mal, welche Laus dir über die Leber gelaufen ist«, forderte er von Thomas.

»Gar keine«, antwortete Thomas bei inzwischen bester Laune, »aber darf ich dich im Gegenzug fragen, wie du gestern Morgen unseren Kellner genannt hast?«

Andreas musste einen Moment überlegen, dann antwortete er: »›Apfel‹, glaube ich.«

Philipp schreckte von seinem Frühstück auf wie ein Erdmännchen und grinste breit. Triumphierend fragte er: »Habe ich das nicht am ersten Abend schon mal gehört?«

»Hast du«, bestätigte Thomas.

Andreas' Blick flackerte von einem seiner beiden Freunde zum anderen und wieder zurück. Ganz langsam verlor sein Gesicht die Farbe und sein Blick wurde leerer.

»Ihm wird gerade klar, was das heißt«, sagte Thomas altklug zu Philipp. Der nickte und sagte: »Wir sind noch anderthalb Tage auf diesem Schiff. Was machen wir denn jetzt, wenn der Wettbewerb vorbei ist?«

Thomas blickte kurz nachdenklich unter die Restaurantdecke, dann antwortete er: »Wie wäre es mit Urlaub wie normale Leute?«

Philipp schüttelte den Kopf: »Da weiß ich gar nicht, wie das geht.«

»Wir haben ja jetzt genug Zeit, das herauszufinden«, sagte Thomas. Dann stand er auf, klopfte Andreas auf die Schulter und sagte: »Tja, Andreas. Vielen Dank für Speis' und Trank. Wir schicken dir dann die Rechnung zu.«

Mit schwungvoll federndem Schritt, beinahe schon hüpfend, ging Thomas zum Buffet, um sich einen weiteren Teller mit Rührei, Speck und Pancakes zu beladen.

»Aber wenn ich doch gestern Morgen schon verloren habe«, fand Andreas endlich seine Stimme wieder, »dann hätte ich ja den doofen Triathlon gar nicht mehr machen brauchen.«

Philipp antwortete knapp: »Wenn man alles vorher wüsste...«

»Thomas, der blöde Affe«, fluchte Andreas, »hätte ja ruhig mal eher was sagen können.«

»Wo bliebe denn da der Spaß?«, fragte Thomas und setzte sich mit gefülltem Teller wieder an den Tisch.

Nach dem Frühstück zogen sich Thomas und Philipp für einen Tag am Pool beziehungsweise auf den Rutschen des Schiffs um. Andreas hingegen schmollte ein wenig und zog sich auf einen einsamen Spaziergang unter Deck zurück, bei dem er mit trüben Blick und schlurfenden Schritten die langen, teppichbedeckten Flure entlangtigerte.

Der Tag war etwas wolkenverhangen und deutlich windiger als die Hinfahrt nach Madeira, sodass Philipp und Thomas ohne Probleme freie Liegestühle auf dem Sonnendeck ergattern konnten. Jedoch mussten die Jungs nach wenigen Minuten einsehen, dass es schlichtweg zu kalt war, um den Tag mit Badekleidung im Freien zu verbringen. Sie räumten ihre Sachen zusammen und verzogen sich an den Innenpool, wo sie es schafften, die letzten freien Liegestühle für sich und Andreas sowie drei weitere für die Mädels zu ergattern, die wenig später zu ihnen stießen.

Da sie zu wenige Liegen hatten, beschlossen Philipp und Viktoria spontan, sich eine zu teilen und Kim belegte kurzerhand die für Andreas vorgesehene, da dieser immer noch schmollend über tiefer gelegene Decks schlurfte.

Sie veranstalteten erneut ein Wettrutschen, an dem dieses Mal auch Kim teilnahm, die jedoch ähnlich langsam rutschte wie Andreas zwei Tage zuvor. An den Ergebnissen der anderen änderte sich nur wenig.

Nach und nach wechselten sie von der Rutsche in den benachbarten Pool, wo sie faul und entspannt im Wasser planschten. Die Letzten auf der Rutsche waren Thomas und Helena, die dazu übergegangen waren, sich gemeinsam in die Röhre zu schmeißen. Schließlich verließen auch sie die Rutsche und gesellten sich zu den anderen im Becken. Dort erklärte Philipp gerade seiner Freundin, dass er Wort gehalten und dieses Mal nicht den Wettbewerb verloren hatte.

»Das ist ja phantastisch«, freute sich Viktoria. »Und wie ist der Urlaub jetzt, so ganz ohne alberne Aufgaben?«

»Irgendwie«, antwortete Philipp nach kurzem Überlegen, »unbeschwerter. Aber eine Sache ist da noch, die ich erledigen muss.«

Tropfend kletterte er aus dem Pool und trat feierlich an die nahegelegene Bar. Mit kaum zu bändigender Begeisterung in der Stimme bestellte er einen Caipirinha, mit dem er sich vor dem Becken mit seinen Freunden aufbaute und freudestrahlend verkündete: »Das ist der Letzte.«

Er nahm einen großen Schluck aus dem Glas, mit dem er es zur Hälfte leerte, und fuhr fort: »Hiermit habe ich die gesamte Barkarte einmal durch.«

Die Gruppe im Pool brach in frenetischen Applaus aus. Philipp verbeugte sich immer noch tropfend, leerte das Glas mit einem weiteren sehr großen Zug und streckte den leeren Becher in die Höhe als sei es der Champions-League-Pokal, den er gerade gewonnen hatte.

Nachdem der Applaus und die Jubelrufe aus dem Pool langsam verebbt waren, stellte Philipp das Glas auf einem freien Tisch ab und sprang mit einer spritzenden Arschbombe zurück ins Wasser. Dort begrüßte ihn Thomas: »Respekt, du alter Berufsalkoholiker.«

»Danke, danke. Das ist zu viel der Ehre«, antwortete Philipp.

Wenig später verließen sie den Pool, trockneten sich ab und machten es sich auf ihren Liegestühlen bequem, wo sie ein Kartenspiel begannen. Natürlich durften dabei die Drinks nicht fehlen. Und bevor sie an die Bar gingen, um zu bestellen, holte sich jeder der Gruppe bei Philipp einen Ratschlag, welcher Cocktail denn zu empfehlen wäre, immerhin kannte er sie alle.

Philipp selbst bestellte nach seinem Caipirinha jedoch ausschließlich alkoholfreie Getränke. Auf Nachfrage antwortete er, er habe den Urlaub über genug Alkohol für die nächsten paar Wochen getrunken.

Irgendwann sagte er zu Viktoria: »Jetzt sind wir schon fast eine Woche hier und ich habe noch gar nicht eure Kabine gesehen. Willst du mir die nicht mal zeigen?«

»Was heißt hier ›Kabine‹? Wir haben eine Suite«, mischte sich Helena ein.

»Und der Unterschied ist...?«, fragte Philipp.

»Zeige ich dir«, antwortete Viktoria und warf sich ihre Tunika über. Philipp schlüpfte in trockene Hosen und Shirt, dann verließen die beiden gemeinsam den Poolbereich und nahmen die Treppe nach unten.

Drei Decks tiefer führte Viktoria ihren Freund über einen langen Gang zu einer Tür mit der Aufschrift ›13415‹. Bis auf die anders lautenden Zahlen sah die Tür genauso aus wie die zur Kabine der Jungs. Viktoria öffnete die Tür und ließ ihren Freund eintreten. Philipp machte zwei Schritte in den Raum und ihm fiel die Kinnlade herunter, denn die Tür war so ziemlich das Einzige, das ihre Unterkünfte gemeinsam hatten. Dachten die Jungs, ihre neue Kabine sei groß, dann war die Suite der Mädels riesig. Sie hatten hier etwa dreimal so viel Platz wie die Jungs. Zwei gigantische King-Size-Doppelbetten und ein frei im Raum stehendes Einzelbett boten Platz zum Schlafen. Dazu gab einen Balkon mit großem Rundtisch, sechs Stühlen und sogar einer eigenen Sonnenliege darauf. In ihrem Bad hatten sie nicht nur gleich zwei Waschbecken, sondern tatsächlich auch eine Badewanne.

Während Philipp sich staunend in der Suite umsah, schloss Viktoria die Tür sorgfältig hinter sich ab. Philipp öffnete die Balkontür und trat hinaus ins Freie. Die Kabine befand sich am Heck des Schiffs. Viele Decks weiter unten war das helle Zeltdach der Heckbar zu sehen, an der sie abends zuvor dem Alkohol gut zugesprochen hatten.

Philipp drehte sich um und blickte die balkongesäumte Heckfassade des Schiffs hinauf. Fünf Decks höher waren die Köpfe von vereinzelten Passagieren zu erkennen, die gemächlich das Sonnendeck entlang flanierten. Er stieß einen anerkennenden Pfiff aus und trat wieder in die Kabine.

»Wahnsinn«, sagte er. »Aber ist das nicht irrsinnig teuer gewesen?«

»Du wirst lachen«, antwortete Viktoria, die sich inzwischen auf die Kante eines der gut gepolsterten Doppelbetten gesetzt hatte, »aber die Suite war für uns fünf zusammen tatsächlich das günstigste Angebot.«

Philipp ging zu ihr herüber und setzte sich neben sie. Prüfend wippte er auf dem Bett auf und ab, dann nickte fachmännisch und fragte: »Das hier ist deins?«

»Ja, ich teile es mir mit Lena. Kim und Marie schlafen da drüben und Helena hat das Einzelbett«, antwortete Viktoria und deutete auf die anderen Schlafstätten. Bevor Philipp noch etwas sagen oder irgendwie reagieren konnte, warf sie sich auf ihn und begrub den Jungen unter sich. Ihre Beine schlangen sich um seine Hüften und ihre Lippen pressten sich auf die seinen.

Am Pool freute sich Thomas über den Sieg im Kartenspiel. In Anlehnung an Philipps Caipirinha leerte er seinen Becher und streckte ihn ebenfalls triumphierend in die Höhe, erntete dafür jedoch deutlich weniger Applaus. Anschließend ging er zur Bar, um sich Nachschub zu holen. Er baute sich vor der Theke auf und wartete auf jemanden, der seine Bestellung entgegennahm. Etwa dreißig Meter von ihm entfernt lief ein dunkelhaariges Mädchen in einem schwarzen Bikini mit goldenen Metallapplikationen am Pool entlang.

»Hey, Lilli«, rief er ihr hinterher. Er ließ sein Glas an der Theke stehen und eilte dem Mädchen entgegen, das sich seinem Ruf folgend umdrehte. Er erreichte sie und fragte: »Oder sollte ich besser ›Marleen‹ sagen?«

Lilli oder Marleen druckste unangenehm berührt herum und wich seinem Blick aus. Thomas sah sie mit gerunzelter Stirn an, machte jedoch keine Anstalten, ihr die Situation angenehmer zu gestalten.

»Ja, hi«, stotterte sie zögerlich.

»Ich glaube, du schuldest mir eine Erklärung«, forderte Thomas.

Das Mädchen drehte nervös den rechten Fuß auf dem Boden hin und her als würde sie eine unsichtbare Zigarette austreten. Schließlich antwortete sie: »Das ist... sehr persönlich... Also... ich heiße Lilli.«

Sie machte eine Pause, in der sie betreten zu Boden sah, dann fuhr sie fort: »Das steht auch so im Pass. Aber kurz nach meiner Geburt kam noch ein letzter Brief meines Vaters von der Front, in dem stand, er wünsche sich den Namen Marleen für mich. Deswegen nennt meine Mutter mich jetzt so. Sie hat sogar versucht, mich noch umtaufen zu lassen.«

Ihre Schüchternheit war einem gewissen Maß an Trotz gewichen. Jetzt war es an Thomas, ein wenig verlegen zu wirken. Er brauchte einen Moment, um zu antworten: »Aber das ist doch ein schöner Name. Und ein schönes Andenken an deinen Vater.«

»Alle Soldaten sind Mörder«, antwortete sie schroff.

Darauf hatte Thomas keine Antwort mehr. So sagte Lilli schließlich: »Treffen wir uns doch heute Abend. Einundzwanzig Uhr an der Laterne oben, wo wir uns das erste Mal gesehen haben.«

Lilli drehte sich ohne ein weiteres Wort zu sagen und ohne eine Antwort abzuwarten um und marschierte davon. Thomas sah ihr perplex nach, bis sie durch eine Glasschiebetür in den Außenbereich gelangte, dort um eine Ecke bog und schließlich aus seinem Blickfeld verschwand. Er rollte leicht mit den Augen und kehrte dann an die Bar zurück, um endlich seinen Drink zu bestellen.

Natürlich war sein Gespräch von Kim, Marie, Lena und Helena beobachtet worden und als Thomas sich mit frisch gefülltem Glas wieder auf seine Liege fallen ließ, sahen sie ihn allesamt äußerst neugierig an.

Helena war die erste, die schließlich fragte: »Wer war *das* denn?«

Thomas zog angesichts der scharfen Betonung eine Augenbraue hoch. Er genoss einen Moment die Gesichtskirmes, die sich in Helenas Antlitz abspielte, dann antwortete er ganz sachlich: »Lilli oder Marleen.«

»Gespaltene Persönlichkeit, oder wie?«, fragte Helena bissig nach.

»Es kommt wohl darauf an, wen man fragt. Sie sagt ›Lilli‹, ihre Mutter ›Marleen‹.«

Helena presste ihre Lippen aufeinander. Stattdessen fragte nun Marie: »Und woher kennt ihr euch?«

»Das«, antwortete Thomas, »verdanke ich Andreas und einer seiner wahnsinnig witzigen Aufgaben.«

Kim blickte ein wenig verträumt in Richtung der Tür, durch die Lilli verschwunden war, und sagte: »Aber sie wirkte doch sehr nett. Läuft da was?«

Thomas zog einen Mundwinkle nach oben. Verschmitzt antwortete er: »Noch nicht. Aber sie will mich heute Abend treffen.«

Diese Antwort schien alle Mädels gleichermaßen zu überraschen. Für einen kurzen Moment entglitten ihnen ihre Gesichtszüge. Lena fing sich als Erste wieder und sagte: »Oh wie toll.«

»Was ist denn daran bitte toll?«, wurde sie schroff von Helena angezickt.

Marie sah Helena belustigt an: »Man könnte ja fast meinen, dass du eifersüchtig bist.«

»Quatsch«, antwortete Helena, »ich dachte nur, wir wollten heute Abend alle zusammen in dieses supertolle Restaurant gehen.«

Thomas sah sie fragend an: »Davon weiß ich ja noch gar nichts.«

»Das hatten wir euch auch noch nicht gesagt«, klärte ihn Lena auf. »Sollte nämlich eine Überraschung werden.«

»Bei der Buchung unserer Suite war Abendessen im A-La-Carte-Restaurant für uns alle mit dabei. Wir haben mit einem der Stewards gesprochen und ausgehandelt, dass ihr drei Pappnasen mitkommen dürft. Ihr müsst nur die Getränke selber zahlen.«

Shuffleboard

Um die Mittagszeit stießen auch Viktoria, Philipp und Andreas wieder zum Rest der Gruppe. Angesichts der immer noch nur begrenzt verfügbaren Sitzmöbel machten die Jungs einen Ausflug an die Bar und setzten sich anschließend, Thomas und Andreas mit einem frisch gezapften Bier, Philipp mit einer fruchtigen Schorle, an einen Tisch.

Andreas hatte einen Großteil des Vormittags im Bordcasino verbracht und dort versucht, zumindest schon mal einen Teil des Reisepreises, den er nun alleine tragen musste, am Roulettetisch zu erspielen. Auf Philipps Nachfrage, ob er erfolgreich gewesen sei, verkündete er nicht ohne einen gewissen Stolz in der Stimme, etwas mehr als hundert Euro gewonnen zu haben.

Philipp nickte anerkennend und Thomas sagte leise: »Wow.«

»Hast du wieder mit deinem komischen System gespielt?« fragte Philipp.

»Am Anfang«, antwortet Andreas, »aber das hat mir zu lange gedauert. Nachdem ich so dreißig Euro gewonnen hatte, habe ich einfach zufällig auf irgendwelche Zahlen gesetzt. Am Ende bin ich dann noch kurz zum Black Jack rüber und habe direkt nochmal ´nen Zehner rausgeholt.«

»Nicht schlecht«, sagte Thomas, »vielleicht sollte ich auch mal mein Glück versuchen.«

»Wisst ihr, was auch nicht schlecht ist?« fragte Philipp die beiden anderen Aufmerksamkeit heischend. Sie sahen ihn erwartungsvoll an.

»Die Suite der Mädels«, löste er auf. »Die haben Platz ohne Ende, fette Himmelbetten, einen riesigen Balkon und sogar eine eigene Badewanne.«

»Das muss ich mir später auch mal angucken«, staunte Andreas. Thomas hingegen wirkte nur mäßig interessiert an Philipps Ausführungen und erzählte den beiden seinerseits anschließend von dem durch die Mädels für den Abend geplanten Besuch im A-La-Carte-Restaurant, dessen Besuch für normale Gäste gar nicht mal so günstig war.

»Das lohnt sich, die haben wirklich eine gute Küche«, antwortete Andreas auf die Neuigkeiten.

»Woher willst du das denn wissen?«, fragte Philipp verwundert.

Andreas blinzelte kurz verlegen, räusperte sich und antwortete: »Habe ich im Internet gelesen.«

Nachdem sie ihre Gläser geleert hatten, sammelten sie die Mädels ein und gingen gemeinsam zum Mittagessen in den Street-Food-Bereich des Schiffs. Das auf Deck sechs gelegene Areal bestand aus mehreren Sitzgelegenheiten und drei Theken, an denen verschiedene Speisen herausgegeben wurden.

Das Mittagessen der Gruppe fiel angesichts des für den Abend geplanten Restaurantbesuchs deutlich schmaler aus als an den Tagen zuvor. Genauer gesagt bestand es aus jeweils einem Döner für alle außer für Kim und Marie, die sich stattdessen an der Nachbartheke belegte Brote holten. Die Mädels schienen sich ihren Erzählungen nach hier bereits öfter kleine Zwischenmahlzeiten abgeholt zu haben, für die Jungs jedoch war es der erste Abstecher ihrer Reise in den Street-Food-Bereich. Deshalb holten sich Philipp und Thomas, nachdem sie ihre Döner verspeist hatten, auch noch jeweils eine extra scharfe Currywurst an der dritten der zur Auswahl stehenden Theken.

155

»Man muss ja alles mal probieren«, erklärte Thomas der Gruppe weltmännisch und schob sich das erste Wurststück in den Mund.

Philipp antwortete: »Das habe ich mir bei den Getränken auch gedacht.«

»Du meinst wohl eher«, erwiderte Thomas kauend, »das habe *ich* dir bei den Getränken auch gedacht.«

»Details«, winkte Philipp ab und führte ebenfalls seine currywurstgespickte Gabel zum Mund.

Die Augen der beiden kauenden Jungs weiteten sich und ihre Atmung wurde schneller. Während ihre Gesichter zunehmend rosiger wurden und sich mit jedem weiteren Stück Wurst mehr Schweißperlen auf ihren Stirnen bildeten, fragte Lena unbekümmert in die Runde, wie der Plan für den Nachmittag aussähe.

»Ich wollte«, hustete Philipp zwischen zwei Bissen, »in den Kletterpark.«

»Ich würde auch gerne mal eure Suite sehen«, sagte Andreas betont ruhig und gelassen mit amüsiertem Blick auf den neben ihm sitzenden Thomas, in dessen Augen sich erste kleine Tränchen bildeten, während er tapfer weiter mit der extra scharfen Currywurst kämpfte.

»Auch Kletterpark«, antwortete Thomas kurz angebunden und stopfte sich das letzte Stück seiner Wurst in den Mund. Fast schon erleichtert, es geschafft zu haben, ließ er die Gabel in das leere Wurstschälchen fallen.

»Und ihr?« fragte Philipp keuchend, ebenfalls beim letzten Wurststück angekommen.

Seine Freundin antwortete ihm: »Um 16:30 Uhr ist Shuffleboard. Da wollten wir mitmachen. Und bis dahin chillen wir am Pool. Oder Mädels?«

Sie erntete allgemein zustimmendes Gemurmel, nahm eine Serviette und tupfte Philipps Stirn damit ab. Philipp zog seinen Kopf weg, doch es war zu spät. Mit hämischen Grinsen schnappte sich Andreas eine weitere Serviette vom Tisch und wischte Thomas den Schweiß von der Stirn. Dabei sagte er: »Komm her, Schatzilein. Wir machen dich jetzt erst mal sauber.«

»Shuffleboard wollte ich die ganze Fahrt über schon spielen«, krächzte Philipp. »Das gehört ja irgendwie bei einer Kreuzfahrt dazu, hat sich aber leider bisher noch nicht ergeben.«

»Dann machen wir das doch später einfach alle zusammen«, schlug Andreas vor und sagte dann zu Thomas: »Sonst müssen wir uns den ganzen Rückflug über sein Geheule anhören.«

»Herrlich«, sagte Helena amüsiert. »Ihr seid immer so nett zueinander.«

Philipp stand auf, schlug sich kräftig vor die Brust, hustete sich noch einmal die Atemwege frei und sagte dann zu Thomas, der noch deutlich mitgenommener aussah als er selbst: »Lecker, oder? Holen wir uns noch Eine?«

Der Gefragte antwortete leicht röchelnd: »Später vielleicht. Jetzt bin ich satt.«

Er und Philipp fragten noch einmal in die Runde, ob noch jemand mit zum Klettern kommen wollte, doch die Mädels und Andreas waren einstimmig der Meinung, das Canyoning am Vortag sei ausreichend Kletteraktivität für einen Urlaub gewesen. Also machten sich nur die beiden auf den Weg zu ihrer Kabine, um mit Sportklamotten und festem Schuhwerk ausgestattet den Kletterpark in Angriff zu nehmen, dessen Rundkurs auf Deck sechzehn über der Poollandschaft verlief.

Lena und Marie brachen währenddessen mit Andreas zu ihrer Suite auf, um ihm diese zu zeigen, und der Rest der Gruppe zog sich auf die Liegen am Pool zurück, von wo aus sie einen erstklassigen Blick auf die Hindernisse des Kletterparks hatten.

Als Thomas und Philipp wieder in ihr Sichtfeld traten und von zwei Schiffsmitarbeiterinnen die Sicherheitsgurte angelegt bekamen, zückten die Mädels auf den Liegen ihre Handys, um noch das eine oder andere peinliche Urlaubsfoto von den Jungs zu schießen.

Außer den beiden Jungs befand sich niemand im Kletterpark, sodass sie die Hindernisse ganz für sich alleine hatten. Am Anfang tasteten sie sich noch vorsichtig und etwas wackelig vorwärts, doch ihre Bewegungen wurden schnell sicherer und schon nach wenigen Minuten balancierten sie immer übermütiger über die Baumstämme hoch über den Köpfen der Mädels, schwangen sich von Seilschlaufe zu Seilschlaufe und schaukelten etwa fünf Meter über den gut besuchten Pools an einem Pendel hin und her. Genau eine Stunde durften sie nach Herzenslaune durch die Hindernisse tollen. Selbstverständlich waren sie mit einem Seil gegen Abstürze gesichert und doch wirkte es sehr verwegen, wie sie auf den zwei parallel verlaufenden Kletterkursen um die Wette hangelten und natürlich auch durch entsprechende Stunts versuchten, die Mädels zu beeindrucken.

Diese hatten sich inzwischen in einem der Whirlpools niedergelassen, wo auch Lena und Marie wieder zu ihnen gestoßen waren. Lediglich Andreas blieb verschwunden. Zumindest bis Thomas, der von einer der Aussichtsplattformen des Kletterparks aus durch die gewaltige Panoramascheibe das Meer beobachtete, Philipp zu sich rief. Der schwang mit dem Pendel über den Pool und die Mädels hinweg zu ihm herüber und fragte: »Was ist?«

Thomas antwortete nicht, sondern zeigte nur mit ausgestrecktem Arm auf das von dort aus gut einsehbare Außendeck, wo Andreas an der Reling stand. In ein angeregtes Gespräch mit Nadine vertieft und einem seligen Lächeln im Gesicht.

»Was ist da denn los?« fragte Philipp mit einem Tonfall irgendwo zwischen Überraschung, Ungläubigkeit und Entsetzen.

Etwa zwei Minuten beobachteten die beiden diese Szenerie, dann beendeten die Beobachteten ihr Gespräch. Nadine verschwand zügig in Richtung Bug und Andreas trat durch eine Glastür in den Poolbereich. Philipp und Thomas verließen unauffällig die Plattform und taten so als wären sie die ganze Zeit umhergeklettert, als Andreas suchend nach oben zu ihnen blickte.

Nachdem ihre Stunde im Kletterpark abgelaufen war, ließen sich die beiden Jungs von einer der Mitarbeiterinnen abseilen und landeten wohlbehalten mitten zwischen den Pools wieder auf dem festen Boden von Deck sechzehn, wo sie sich aus ihrem Sicherheitsgeschirr schälten und einen Abstecher an die Bar unternahmen. Dort sammelten sie auch Andreas ein und gesellten sich anschließend zu den Mädels in den Whirpool, wo Thomas Andreas ganz beiläufig fragte:»Willst du uns irgendwas erzählen?«

»Ne, wieso?« erwiderte dieser und sah Thomas verwirrt an.

»Naja« antwortete Thomas, »wir dachten, du hättest vielleicht Neuigkeiten für uns.«

»Worüber?«

»Zum Beispiel über eine hübsche Blondine mit einem Faible für die Arbeit in FKK-Bereichen.«

»Ach das meinst du«, antwortete Andreas. »Ja, tatsächlich. Ich habe sie gefragt, ob sie an Bord einen guten Platz für ein erstes Date kennt. Für dich und Lilli. Gibt es da eigentlich Neuigkeiten?«

Thomas war plötzlich sehr interessiert an den aufsteigenden Luftbläschen im Wasser und schien darüber das Antworten auf die Frage zu vergessen.

Andreas drängte Thomas weiter, zu antworten. Doch bevor dieser einknickte, mischte sich Marie mit einem Blick auf die Uhr in das Gespräch ein: »Wir müssen langsam los zum Shuffleboard.«

Sie verließen den gut beheizten Whirlpool, trockneten sich ab, warfen sich ihre Klamotten über und standen vollzählig und überpünktlich eine Viertelstunde vor der veranschlagten Uhrzeit am Shuffleboardfeld auf dem oberen Außendeck. Das Feld lag zwar zwischen zwei breiten Windfängen und doch spürten sie den Wind und ein wenig Feuchtigkeit der aufgewühlten See viele Meter unter ihnen auf der Haut.

Helena und Viktoria verschwanden noch einmal unter Deck, um für sich und ihre Freundinnen Jacken aus ihrer Suite zu holen, da es ihnen an der frischen Seeluft auf Dauer zu kalt war. Auf den Armen von Philipp, Andreas und Thomas bildete sich Gänsehaut, doch sie trotzten stoisch weiter im dünnen T-Shirt der Witterung. Schließlich waren sie hier die Männer und das musste von Zeit zu Zeit auch mal unter Beweis gestellt werden.

Etwa zeitgleich mit Viktoria, Helena und den Jacken erreichte ein Steward mit einer Kiste voller Disks und vier Cues unter dem Arm das Spielfeld. Er stellte die Kiste vor dem Feld ab und sagte: »Hi, ich bin Norman. Und ihr habt Bock, zu shufflen?«

Er erntete, ähnlich wie schon Luis am Tag zuvor auf Madeira, allgemein zustimmendes, aber insgesamt doch eher zurückhaltendes Gemurmel und sagte daraufhin überambitioniert: »Ich kann euch nicht hören! Habt ihr Bock zu shufflen?!«

»Oh nein, ein Animateur«, sagte Andreas hinter vorgehaltener Hand zu Philipp.

»Da werden schlimme Erinnerungen wach«, antwortete dieser.

Norman blickte in die wenig begeisterten Gesichter der Gruppe und sagte fröhlich: »War nur ein Scherz. Wir sind ja hier nicht im Club-Hotel. Wer von euch kennt denn schon die Regeln?«

Erleichtert atmeten sie auf, doch da noch niemand von ihnen jemals zuvor Shuffleboard gespielt hatte, mussten sie den Steward schon wieder enttäuschen.

»Macht ja nichts, die sind schnell erklärt«, sagte er und begann, das Regelwerk vorzustellen. Nach einigen Sätzen hielt er jedoch inne und drehte sich irritiert um. Der Grund für die Unterbrechung waren lauter werdende Party-Schlager-Musik und albernes Gekicher. Die Quelle des Lärms trat hinter einem der Windfänge hervor und offenbarte sich als der Junggesellinnenabschied, mit dem Thomas bereits zu Beginn der Reise näheren Kontakt geschlossen hatte. Jede der Brautjungfern hielt ein Sektglas und die Braut zusätzlich eine kleine Musikbox in der Hand. Immerhin hatten sie ihre Plüschohren heute in der Kabine gelassen.

»Oh bitte nicht«, flehte Thomas in die Weite des offenen Meers hinaus, doch das Schicksal hatte kein Erbarmen mit ihm.

Die Rädelsführerin schritt auf Norman zu und fragte leicht lallend: »Können wir mitspielen, du Schnuckelchen?«

Viktoria und Marie wendeten sich vom Geschehen ab, um ihr Amüsement über die Neuankömmlinge zu verbergen.

»Na klar. Je mehr, desto lustiger«, sagte Norman, wich einen Schritt von der Rädelsführerin zurück, deutete mit der Hand auf den nicht schwer als solches zu erkennenden Junggesellinnenabschied und sagte: »Dann spielen wir Team Braut gegen...«

Er sah den teils verstört dreinblickenden und teils wild kichernden Haufen auf der anderen Seite des Spielfeldes an und suchte mit den Augen in ihren Gesichtern nach einem passenden Teamnamen.

»Team Thomas!«, kreischte eine der Brautjungfern begeistert auf und deutete mit ausgestrecktem Finger auf ihren Saufkumpanen.

Thomas schlug sich die Hand vor die Stirn und versuchte halbherzig, sich hinter Andreas zu verstecken.

»Team Thomas«, wiederholte Norman. Dann fuhr er mit seiner Spielerklärung fort und als er fertig war, drehte er sich zum Junggesellinnenabschied um und fragte: »Ihr kennt die Regeln noch vom letzten Mal?«

Die Frauen johlten zustimmend und prosteten sich gegenseitig mit ihren Sektgläsern zu. Norman zählte die beiden Gruppen noch einmal durch und stellte fest: »Das passt nicht. Team Braut sind sechs und Team Thomas acht Leute. Einer von euch muss noch rüber.«

»Wir nehmen Thomas«, verkündete die Braut lautstark. Thomas sackte um mehrere Zentimeter in sich zusammen und murmelte: »Mir bleibt aber auch gar nichts erspart.«

»Alles klar«, sagte der gut gelaunte Norman, der Thomas' Kommentar nicht gehört oder bewusst überhört hatte, »dann gehst du noch rüber und wir können anfangen.«

Mit hängenden Schultern trottete Thomas an seinen Freunden vorbei und zum ihn überschwänglich willkommen heißenden Team Braut herüber.

Philipp sagte: »Lass das nicht Lilli wissen, die wird sonst noch eifersüchtig.«

»Oder Marleen«, ergänzte Andreas.

»Lili wird sonst Marleen?«, fragte Philipp gespielt verwirrt.

»Blödmann«, beendete Andreas das Gespräch und gab Philipp einen unsanften Stoß in die Rippen.

Die beiden Teams stellten sich in zwei Reihen hinter dem Spielfeld auf, jedes Team bewaffnet mit zwei Cues und sieben Disks. Team Braut spielte in Rot, Team Thomas in Blau, jedoch bemerkte Lena, bevor es losging: »Wir bräuchten vielleicht einen anderen Namen, jetzt wo Thomas nicht mehr Teil des Teams ist.«

»Wie wäre es mit ›Team ohne Thomas‹?«, schlug Helena schmallippig vor.

Norman antwortete unbeirrt gut gelaunt: »Ne, das ist zu sperrig. Ihr seid jetzt Team Teen Spirit.«

»Riechen wir etwa?«, fragte Philipp und fing sich augenblicklich von Andreas einen Schlag auf den Hinterkopf ein.

Kim war die erste, die vom Team Teen Spirit an den Start ging. Sie nahm den Cue, platzierte ihre Disk davor und schob sie vorsichtig auf das Spielfeld. Die Scheibe rutschte etwa zwei Meter nach vorne und blieb somit weit vor ihrem eigentlichen Ziel, dem sogenannten Haus auf der anderen Seite des Feldes, liegen.

Norman entfernte die Scheibe und die erste der Brautiguards trat vor. Ihr Versuch lief deutlich besser und die Scheibe blieb auf einem Acht-Punkte-Feld liegen. Es folgte lautstarker Applaus und Gläserklirren des restlichen Teams mit Ausnahme von Thomas.

Als Nächstes versuchte Andreas sein Glück, doch er verpasste der Scheibe einen so kräftigen Stoß, dass sie nicht nur schnurgerade über das gesamte Spielfeld rutschte, sondern auch unter dem dahinterstehenden Windfang hindurch weiter zum Schiffsheck. Andreas reichte den Cue an Philipp weiter und machte sich auf die Suche nach dem flüchtigen Spielgerät. Währenddessen trat Thomas unter energischen Anfeuerungsrufen für das Team Braut an. Seine Disk landete zwar nicht auf einem bepunkteten Feld, aber immerhin im Wertungsbereich, durfte also liegen bleiben.

Auch dieser Versuch wurde vom restlichen Team lautstark bejubelt, während die abenteuerliche Playlist aus der Musikbox der Braut von Mia Julia zu Adele wechselte. Anschließend folgte ein Heavy-Metal-Stück, zu dem die Damen sogar headbangten, und danach wieder ein Party-Schlager.

Die weiteren Versuche des ersten Durchgangs liefen ähnlich ab wie die vorherigen auch: Team Braut profitierte von der bereits gesammelten Spielerfahrung und Team Teen Spirit musste zunächst ein Gefühl für die Stärke des Stoßes und das Rutschverhalten der Disks entwickeln. Pünktlich mit Ablauf des ersten Durchgangs, bei dem Norman zweiundzwanzig Punkte für Team Braut und keinen einzigen für die anderen aufschrieb, erreichte ein Kellner mit einem Tablett voller Sektgläser das Spielfeld. Die Brautiguards nebst Braut nahmen ihm die Getränke ohne Umschweife ab, drückten ihm einen Schein und die leeren Gläser in die Hand und bestellten auch direkt die nächste Runde. Thomas und das Team Teen Spirit taten es ihnen gleich und bestellten ebenfalls Getränke, sodass kurz vor dem Ende des zweiten Durchgangs gleich zwei Kellner mit gut gefüllten Tabletts den Weg zum Shuffleboardfeld fanden.

»Wenn nach dem nächsten Durchgang drei kommen, muss ich lachen«, sagte Lena.

Der Durchgang endete mit 15 Punkten für jedes Team und Norman kündigte an, dass der dritte Durchgang der letzte für dieses Spiel sei.

Durch ihre Drinks gestärkt spielte Team Teen Spirit gut auf und schaffte es sogar zweimal, eine Disk auf dem Zehn-Punkte-Feld zu platzieren, doch das Team Braut, das den Nachzug hatte, konnte diese Scheiben beide Male wieder aus der Wertung herauskicken, sodass das jüngere Team zwar den Durchgang mit acht Punkten Vorsprung gewann, das gesamte Spiel jedoch verlor. Philipp kommentierte das Wegschießen ihrer Scheiben von den Punktfeldern mit: »Male parta, male dilabuntur.«

»Ach ja, er darf ja jetzt wieder«, stellte Andreas leicht genervt fest.

Da sie ihre Drinks erst halb geleert und das Gefühl hatten, allmählich ins Spiel zu kommen, bestanden die Mitglieder von Team Teen Spirit auf eine Revanche. Im zweiten Spiel wurde das Team Braut jedoch nicht mehr durch Thomas, sondern durch Kim unterstützt, die bereits im ersten Spiel zunehmend mit ihrem eigenen Team gefremdelt und das Gespräch mit den Brautiguards gesucht hatte.

Der erste Durchgang, den Team Braut eröffnete, blieb auf beiden Seiten punktlos. Nicht, weil niemand traf, sondern weil sie es schafften, sich gegenseitig jede noch so gut platzierte Disk wieder vom Feld zu kicken.

Im zweiten Durchgang führte Team Teen Spirit vor den zwei letzten Disks beider Teams mit zwei Punkten, doch dann platzierte Viktoria ihre Scheibe genau mittig zwischen dem Zehn-Punkte-Feld und dem mit minus zehn Punkten.

Thomas, der als letzter der Gruppe an der Reihe sein würde, fragte den Spielleiter: »Wie wird das denn jetzt gezählt, Carlos. Äh, Norman.«

Bei einem der beiden Teams brach ob dieses Versprechers allgemeine Heiterkeit aus, das andere Team und Norman waren völlig ratlos, was wohl in diese Jugend gefahren sein mochte.

Thomas entschuldigte sich für den Versprecher und erklärte kurz, dass sie in ihrem Urlaub im vergangenen Jahr das Vergnügen mit Animateur Carlos hatten und Norman die Verwechselung durchaus als Kompliment betrachten könne. Dann wiederholte er seine Frage und bekam die Antwort, auf dem Schiff gelte, dass in solchen Fällen immer die niedrigere Zahl genommen würde, hier also nach dem Durchgang minus zehn Punkte gezählt werden würden.

Die nachfolgende Brautjungfer schob ihre Scheibe nur ganz zaghaft aufs Feld, um ja den Punktestand nicht zu gefährden. Thomas nahm sodann das Zepter beziehungsweise den Cue in die Hand und tat sein Möglichstes, um die negative Scheibe vom Feld zu räumen. Dabei hatte er sogar Erfolg und schoss Viktorias Disk aus dem Punktfeld, jedoch mit dem Ergebnis, dass seine eigene Scheibe mitten im Minusfeld liegen blieb und keinen Zweifel an der Punktzahl ließ.

Kim, die die finale Scheibe für Team Braut in diesem Durchgang spielte, tat es ihrer Vorgängerin gleich und schob die Disk nur bis etwa zur Mitte des Spielfeldes, sodass ihr Team nun mit acht Punkten in Führung ging.

Der dritte und finale Durchgang wurde wieder vom Team Braut eröffnet, das trotz seines beachtlichen Pegels sehr geschickt spielte und jede einzelne Disk entweder in ein Punktfeld oder zumindest so in den Wertungsbereich brachte, dass dadurch den anderen der Weg zu den Punkten versperrt wur-

de. Doch auch Team Teen Spirit, das sich nach dem Personen-
tausch nun wieder in Team Thomas zurückbenannt hatte, hielt
ebenso gut mit, sodass vor der finalen Scheibe, die Andreas
spielen sollte, das Team Braut in diesem Durchgang mit nur
einem Punkt, insgesamt also mit neun Punkten Vorsprung
führte.

»Ich will ja keinen Druck machen«, sagte Philipp, »aber wir
brauchen eine Zehn.«

Viktoria stellte sich neben ihn und sagte vorwurfsvoll: »Ich
dachte, ich bin für dich eine Zehn.«

»Ist der Kerl mit seinen dummen Sprüchen etwa ansteckend«, fragte Thomas, während Andreas mit dem an seine
Disk angelegten Cue zwei energische Schritte nach vorne
machte und so das Spielgerät auf die Reise schickte. Vielleicht
war es pures Können, vielleicht auch einfach Glück, der Wind,
der über das Spielfeld fegte oder eine Welle, die das Schiff im
richtigen Moment traf, jedenfalls rutschte die Scheibe ins
Zehn-Punkte-Feld und blieb dort liegen.

Andreas riss die Faust in die Luft und auch das restliche
Team feierte ihn und seine Leistung. Selbst Team Braut applaudierte anerkennend.

»Exercitatio artem parat«, sagte Andreas und wurde nicht
nur von Philipp überrascht angeschaut.

»Eindeutig ansteckend«, beantwortete Thomas sich seine
vorher gestellte Frage selbst.

Philipp legte Andreas seine Hand auf die Schulter und sagte
väterlich: »Trag nicht so dick auf. Ein einfaches ›Veni, vidi,
vici‹ hätte vollkommen ausgereicht.«

Norman gratulierte Team Thomas zum Sieg, sammelte die
Spielutensilien ein und verschwand wieder unter Deck. Auch
die beiden Teams verabschiedeten sich voneinander und kehrten dem Wind und dem Spielfeld den Rücken zu. Wieder im

warmen und behaglichen Bauch des Schiffs sagte Helena: »Noch eine Stunde bis zum Abendessen. Wir sollten uns so langsam fertigmachen gehen.«

Hummer gegen Kummer

Während des Nachmittags und auch beim Sieg im Shuffleboard war Andreas gut gelaunt gewesen, doch nachdem sich die Jungs noch einen Milchshake geholt hatten und dann auf ihre Kabine zurückgekehrt waren, um sich für das anstehende Dinner in Schale zu werfen, wurde er wieder zunehmend mürrischer.

»Was ist denn los, du alter Griesgram?« fragte Philipp seinen Kumpel, während er vor dem Spiegel versuchte, eine Krawatte zu binden.

»Hast du eine Ahnung, was das alles kostet?« fragte Andreas. »Und warum zum Teufel hast du eigentlich eine Krawatte dabei?!«

Philipp zog den Krawattenknoten fest, nahm ein Jackett aus dem Schrank und antwortete: »Ich dachte, vielleicht muss man sich hier an Bord für das Casino genauso herausputzen wie an Land. Also habe ich einen Anzug mitgenommen.«

Thomas trat im weißen Hemd und mit schwarzer Fliege ausgestattet aus dem Bad. Andreas, der es nicht über ein schlichtes Polo-Shirt hinausgebracht hatte, ließ sich stöhnend auf sein Bett fallen.

»Bist du demselben Irrglauben aufgesessen?« fragte Philipp neugierig, als Thomas vor den Spiegel trat und demonstrativ noch einmal seine Fliege zurechtrückte.

»Nein. Ich hatte nur das Hemd dabei. Die Fliege habe ich mir vorhin noch schnell gekauft. Man will ja bei so einem edlen Abendessen was hermachen.«

Mit einem Seitenblick auf den sich wieder aufrichtenden Andreas ergänzte er mit sehr snobistischem Tonfall: »Oder auch nicht.«

Andreas warf ihm einen vernichtenden Blick zu, dann fragte er Philipp, ob dieser ihm ein Hemd leihen könne.

»Ein Bauer in einem Hemd ist immer noch ein Bauer«, sagte Thomas.

»Klar«, antwortete Philipp Andreas, »aber pass auf. Das Hemd ist so dünn, dass man deine Verkleidung leicht durchschauen könnte.«

Thomas verdrehte hinter Philipps Rücken die Augen. Andreas nahm das Hemd entgegen und fragte seine Freunde: »Habt ihr beiden Armleuchter eigentlich denselben Kurs für Diplom-Arschlöcher besucht oder zwei verschiedene?«

Thomas sah Philipp kurz nachdenklich an, dann sagte er: »Also ich war bei Professor Müller. Und du?«

»Ich habe das per Fernstudium gemacht«, antwortete Philipp.

»Auf jeden Fall habt ihr beide mit Summa cum laude bestanden«, stellte Andreas fest, schloss den letzten Knopf an seinem geliehenen Hemd und verließ die Kabine.

Vor dem A-La-Carte-Restaurant warteten Viktoria, Marie, Lena, Helena und Kim bereits auf ihre männliche Begleitung. Auch sie hatten sich dem Anlass entsprechend herausgeputzt und strahlten in verschiedenfarbigen Abendkleidern und frisch gelegten Frisuren um die Wette.

Philipp begrüßte seine Freundin, die ein marineblaues Etuikleid mit dazu passenden goldenen Ohrringen trug, mit einem Kuss und einigen Komplimenten zu dem von ihr gewählten Outfit. Die Begrüßung der anderen fiel etwas weniger kontaktfreudig aus.

Andreas warf einen interessierten Blick auf Viktorias Ohrringe.

»Was wird das, wenn's fertig ist?« fragte Philipp seinen Kumpel argwöhnisch.

»Nichts, nichts« antwortete Andreas.

Bei näherer Betrachtung war es nicht dasselbe Modell, das Nadine abends zuvor getragen hatte.

Sie traten an die Pforte des Restaurants, wo ein junger Mann im Anzug sie nach ihren Namen fragte und anschließend zu ihren Plätzen geleitete. Ganz Gentleman rückte er Kim den Stuhl zurecht. Nachdem sie sich wie eine feine Dame gesetzt hatte, tat er das Gleiche bei Marie. Dann wandte er sich Viktoria zu, doch Philipp kam ihm zuvor.

»Danke, das übernehme ich« sagte er und griff nach dem Stuhl seiner Herzensdame.

Ebenso übernahm Thomas den Stuhl von Helena, die sich mit einem strahlenden Lächeln bei ihm bedankte. Andreas stand einen Moment wenig dekorativ in der Gegend herum, dann griff auch er nach dem einzig verbleibenden Stuhl, doch Lena schnappte ihm diesen weg, setzte sich und sagte: »Komm im einundzwanzigsten Jahrhundert an. Ich weiß selbst, wie man sich hinsetzt.«

Leicht eingeschnappt setzte sich nun auch Andreas und sein Gesichtsausdruck verwandelte sich wieder zu derselben griesgrämigen Maske, die er bereits in der Kabine aufgesetzt hatte. Der Anzugträger erschien erneut am Tisch und reichte ihnen die Speisekarten. Vier Menüs mit jeweils mehreren Gängen standen zur Auswahl, lediglich die Getränkekarte war dieselbe wie auf dem restlichen Schiff auch.

Philipp warf über seine Karte hinweg einen Blick auf Andreas und sagte: »Ach jetzt hör doch mal auf, Trübsal zu blasen.«

»Genau«, pflichtete ihm Thomas bei, »bestell dir einen leckeren Hummer gegen Kummer und dann genieß den schönen Abend.«

Anders als Philipp und Thomas entschied sich Andreas gegen den Hummer, dafür nahm er jedoch einen Meeresfrüchteteller als Vorspeise und als ihm dieser serviert wurde, besserte sich seine Laune tatsächlich wieder ein wenig.

Lena und Marie entschieden sich für eine Entenbrust an Honig-Thymiansoße, Kim nahm Riesengarnelen und Viktoria und Helena bestellten jeweils Jakobsmuscheln. Als Vorspeisen orderten sie verschiedenste Salatvariationen.

Während sie auf ihre Bestellungen, die sofern sie bezahlt werden mussten, direkt auf die Bordkarten gebucht wurden, warteten, blickten sie sich ein wenig in dem wirklich ausgesprochen schicken Restaurant um. Bis auf eine Familie, die mit zwei kleinen Kindern an einem Ecktisch saß, hatten sich nur Leute in feiner Abendgarderobe hierher verirrt. Gelegentlich warf der eine oder andere Gast einen missbilligenden Blick zu der in Freizeitkleidung erschienenen Familie herüber und als eines der Kinder vergnügt quiekte, wurden an einigen Tischen verächtlich die Nasen gerümpft.

Selbstverständlich passten die acht – von den beiden Kleinkindern einmal abgesehen – mit Abstand jüngsten Gäste des noblen Restaurants ihr Verhalten umgehend an, sprachen nur noch äußert geschwollen daher und redeten sich untereinander ausschließlich mit »feiner Herr« und »edle Dame« an.

Diese Schmierenkomödie hielt jedoch nur genau so lange an, bis Thomas zwei Tische weiter ein bekanntes Gesicht wiederentdeckte und sagte: »Guckt mal, da drüben sitzt die Kapitänin.«

Philipp warf einen Blick auf den besagten Tisch und antwortete: »Geh doch mal rüber und frag, ob sie Schluckauf hat.«

Die Mädels und Andreas sahen ihn verständnislos an und zur allgemeinen Erheiterung berichtete Philipp ihnen von Thomas' Sternstunde im Fahrstuhl.

Mit dem Ende von Philipps Erzählung erreichten ihre Vorspeisen den Tisch. Serviert wurden sie von zwei Kellnerinnen, auf deren Namensschildern die Namen ›A. Nuss‹ und ›Q. Zima‹ zu lesen waren.

Kaum dass die beiden Bedienungen den Tisch wieder verlassen hatten, fiel das feine Gehabe von Andreas und Thomas ab und sie brachen in albernes Gekicher aus. Auch Helena und Marie konnten sich ein kleines Glucksen nicht verkneifen. Viktoria nahm ihre Gabel in die Hand und fragte mit leicht vorwurfsvollem Unterton: »Euer Ernst? Ich dachte, wir hätten die Pubertät hinter uns gelassen.«

»Wie lange kennen wir uns jetzt?«, erwiderte Thomas und griff immer noch kichernd ebenfalls zur Gabel.

Nachdem sie mit ihren Vorspeisen fertig waren und auf den Hauptgang warteten, nahm ein älterer Herr im schwarzen Frack an einem mittig im Raum stehenden Flügel Platz und begleitete das Dinner mit sanften Klängen.

Thomas meinte, eine Melodie von Schubert herauszuhören, wofür er überraschte Blicke erntete.

»Was denn?«, fragte er. »Darf ich mich etwa nicht mit Musik auskennen, bloß weil ich nicht studiere?«

»Doch, sicher«, erwiderte Kim, »ich hätte dich nur vom Typ her eher bei Sprechgesang und nicht bei Klassik eingeordnet.«

Thomas sah sie vorwurfsvoll an, doch Marie fuhr ihm in die Parade: »Damit dürftest du auch recht haben, denn das ist nicht Schubert, sondern ›Liebestraum Nummer 3‹ von Franz Liszt.«

Jetzt war es Marie, die vor allem von den Jungs ungläubig angesehen wurde. Schließlich sagte Thomas: »Das kann ja jeder behaupten.«

Marie sah ihn mit hochgezogener Augenbraue an und sagte: »Soll ich es dir beweisen? Ich kann gerne da rübergehen und es dir nochmal vorspielen.«

»Ja, sicher«, sagte Thomas ungläubig.

»Ich kann auch gerne etwas anderes spielen.«

»Wir sind doch hier auf einem Schiff«, sagte Philipp, »wie wäre es da mit ›My Heart Will Go On‹?«

Viktoria antwortete: »Wenn man bedenkt, wie die Titanic endete, vielleicht nicht ganz so angemessen.«

Lena schlug vor: »Ich mag ›Conquest of Paradise‹.«

Doch bevor sie weiter diskutieren konnten, erreichten Frau Nuss und Frau Zima erneut den Tisch und servierten ihre Hauptspeisen.

»Wie schade«, sagte Marie, »dann kann ich euch jetzt doch nichts vorspielen.«

Spätestens nach dem ersten Bissen gab es keinen Zweifel mehr daran, dass die Wahl dieses Restaurants die richtige gewesen war. Sie alle waren restlos begeistert von ihren Speisen und vergaßen darüber völlig den Pianisten und dessen Musik, die sie im Hintergrund durch den Abend begleitete. Erst als ihre restlos leeren Teller wieder abgeräumt wurden, sagte Thomas fordernd: »So, Marie, jetzt hast du keine Ausrede mehr.«

Marie wartete, bis der Pianist sein begonnenes Stück beendet hatte, dann stand sie wortlos auf, ging zu ihm an den Flügel, sprach kurz mit ihm und kehrte dann an den Tisch zurück.

»Er darf leider niemand anderen an das Instrument lassen«, klärte sie die anderen auf.

»Schade«, sagte Andreas, »dann werden wir wohl nie erfahren, ob du spielen kannst. Bitte entschuldigt mich, ich fühle mich etwas unpässlich.«

Er verließ das Restaurant mit zügigen Schritten. Außer Sicht der anderen jedoch suchte er keineswegs eine Toilette oder die Kabine auf. Stattdessen nahm er den nächsten Fahrstuhl, fuhr auf Deck fünf hinunter und schlenderte mit suchendem Blick die langen, kabinengesäumten Flure entlang. Schließlich hellte sich sein Gesicht auf und er eilte auf Nadine zu, die lässig gegen eine Tür gelehnt auf ihn wartete. Sie stieß die Tür auf, hinter der sich ein Abstellraum für Putzmittel befand, und begrüßte Andreas: »Na, Boris.«

Dann zog sie ihn hinter sich her in die Besenkammer und schloss die Tür.

Im edlen Restaurant einige Decks weiter oben hatten die anderen inzwischen ihren überaus deliziösen Nachtisch verspeist und lauschten dem Pianisten, der mittlerweile bei Beethoven angelangt war. Es herrschte eine entspannte Stimmung, nur Thomas blickte immer wieder nervös auf seine Uhr. Schließlich sagte er: »Ich muss los.«

»Na dann viel Spaß, Miss Robinson,« gab Philipp seinem Kumpel mit auf den Weg.

Thomas verließ den Tisch und rückte auf dem Weg aus dem Restaurant noch einmal seine Fliege zurecht.

»Also ich bin ja schon ein bisschen neugierig«, sagte Philipp in die Runde. Helena nickte: »Ich auch.«

»Ihr wollt doch wohl nicht...«, setzte Viktoria vorwurfsvoll an.

»Doch, eigentlich schon«, erwiderte ihr Freund.

Auch Kim insistierte: »Wenn er das nicht will, darf Thomas uns halt nichts von seinen Dates erzählen.«

Viktoria verdrehte die Augen: »Jetzt gönnt dem Jungen doch auch mal ein bisschen Privatsphäre.«

Doch sie wurde überstimmt. Sie leerten ihre Gläser und als der Pianist sein Stück beendet hatte, verließen sie geschlossen das Restaurant, um sich auf die Suche nach Thomas und Lilli zu machen. Erst jetzt stellten sie fest, dass er niemandem gesagt hatte, wo genau er sich mit ihr verabredet hatte.

»Dann bleibt uns nur eins übrig: Deck für Deck absuchen«, sagte Kim.

»Wo fangen wir an?«, fragte Helena.

Philipp antwortete: »Also wenn ich ein romantisches Date auf diesem Schiff organisieren müsste, würde ich es in der Pianobar versuchen.«

Mit Blick auf den Gesichtsausdruck seiner Freundin ergänzte er: »Deswegen gehen wir beide morgen auch genau da hin.«

Viktorias Gesichtsausdruck wurde wieder etwas milder und die Gruppe setzte ihre Suche fort.

Thomas war nicht in der Pianobar. Auch in der Heckbar und auf der Minigolfanlage fanden sie ihn nicht.

»Vielleicht ist er mit ihr im Kids-Club. Würde ja passen«, äußerte Helena zynisch.

Im Kids-Club schauten sie nicht vorbei, dafür aber auf dem Sonnendeck, das zu dieser fortgeschrittenen Stunde seinem Namen jedoch keine Ehre mehr machte. Von Sonne war nicht viel zu spüren, dafür war es jedoch dunkel und die Luft feucht und kalt.

Am Heck des Schiffs trafen sie dann tatsächlich auf Thomas. Allein.

»Hast du's mal wieder versemmelt?«, begrüßte ihn Philipp.

Marie tadelte ihn: »Gefühlvoll wie eine Bahnschranke.«

Thomas sagte knapp: »Teenager in der Trotzphase. Das ist mir einfach zu stressig.«

»Was ist passiert?«, wollte Helena wissen.

Thomas holte tief Luft, dann antwortete er: »Madame hat scheinbar tief sitzende Vaterkomplexe. Ihr alter Herr hat als Soldat im Krieg den Löffel abgegeben und sie kommt damit nicht klar. Ich glaube, ich sollte nur herhalten, um ihre Mutter aufzuregen.«

»Dr. Freud hat zugeschlagen«, kommentierte Kim diese knappe Analyse.

»Nunc est bibendum«, sagte Philipp.

»Bitte was?«, fragte Thomas.

»Sinngemäß: Das verlangt nach einem Drink«, klärte Philipp ihn auf.

Kim nickte begeistert und schlug vor: »Dann holen wir doch jetzt das ausgefallene Wahrheit oder Pflicht von gestern nach.«

»Geht ihr schon mal vor, wir kommen gleich nach«, sagte Philipp und nahm Viktoria an die Hand.

Die beiden schlenderten langsam das Deck entlang, weg von der Gruppe. Nur wenige Menschen waren noch auf dem neunzehnten Deck unterwegs, sodass sie fast ungestört das Sternenzelt am Himmel über ihnen und das gleichmäßige Rauschen der Wellen rings um sie herum genießen konnten.

Sie näherten sich dem Bug und Viktoria fragte: »Was genau hast du eigentlich vor?«

»Es gibt da etwas«, antwortete Philipp, »das ich schon die ganze Zeit machen will.«

Sie erreichten den vordersten begehbaren Punkt des Schiffs, direkt vor der auch als Windfang fungierenden Panoramascheibe des Sonnendecks. Tagsüber hatten hier noch Liegestühle gestanden, doch die waren inzwischen weggeräumt worden. Arm in Arm genossen Philipp und Viktoria den trotz der Scheibe wehenden Wind in den Haaren und den Blick auf die schier endlosen Wassermassen vor ihnen. Dann stellte sich Philipp hinter seine Freundin, streckte die Hände weit aus und rief aus voller Kehle: »Ich bin der König der Welt!«

Auch Viktoria breitete ihre Arme aus und schloss die Augen. Als sie sie wieder öffnete, drehte sie sich zu Philipp um und beide verschlangen sich in einen langen und intensiven Kuss. Viktorias Haare wehten wild um die Köpfe der beiden.

Der letzte Tag

Als Andreas am nächsten Morgen die Kabine verließ, schliefen Philipp und Thomas noch tief und fest. Im Schlaf leisteten sie sich einen erbitterten Wettkampf darum, wer lauter schnarchen konnte. Selbst durch die geschlossene Kabinentür konnte Andreas das Sägen der beiden noch hören, als er zu einem sehr frühen Frühstück in eines der Restaurants ging.

Im Gegensatz zu den beiden anderen war er nach seinem Date mit Nadine direkt in die Kabine zurückgekehrt und früh schlafen gegangen, denn er hatte für den letzten vollen Reisetag einen Ausflug in den Tierpark auf Teneriffa gebucht, zu dem er nach zwei gut belegten Brötchen, einer Schale Quark und mehreren Tassen Kaffee auch aufbrach.

Philipp und Thomas hingegen hatten mit den Mädels noch bis spät in die Nacht Wahrheit-oder-Pflicht in der Heckbar gespielt und dabei entgegen Philipps Ankündigung, genug Alkohol für die nächsten Wochen getrunken zu haben, den geistigen Getränken gut zugesprochen.

Andreas verließ das Schiff und suchte an Land nach dem Bus, der ihn in den Tierpark bringen sollte. Um Haaresbreite wäre er von einer sechsköpfigen Familie mitsamt ihren Koffern umgerannt worden, die eilig versuchten, ihren Shuttle zum Flughafen noch zu erreichen. Andreas sah ihnen nach und beobachtete, wie sie ihrem Shuttle und einem fröhlich zum Abschied winkenden Fahrer hinterherliefen. Er schüttelte den Kopf und erblickte seinen Bus. Direkt daneben stand Nadine, die diesen Ausflug als Reiseleiterin führte, mit einem Klemmbrett in der Hand. Freudig überrascht begrüßte er sie und unterhielt sich, nachdem er seinen Rucksack vorne im Bus abgelegt hatte, bis zur Abfahrt mit ihr. Nadine plauderte ausgesprochen vergnügt mit ihm. Als der Busfahrer jedoch den Motor anließ und sie in das Gefährt einstiegen, ging sie wieder auf Distanz.

»Du weißt schon, Personal und Gäste...«, sagte sie entschuldigend zu Andreas. Der nickte knapp, nahm seinen Rucksack aus der ersten Reihe und setzte sich im hinteren Teil des Busses zu Hilde, die ebenfalls an dem Ausflug teilnahm.

»Wo hast du den Rest von euch gelassen?« begrüßte sie ihn. Sie trug wieder ihren albernen Strohhut. Scheinbar hatte sie es auf hoher See doch noch geschafft, das gute Stück wieder einzufangen.

»Wir beide gucken uns heute Wildkatzen an, die beschäftigen sich mit ihrem Kater«, erklärte Andreas.

Hilde nickte und fragte ihn, auf welche Tiere er sich am meisten freuen würde.

»Ich wollte auf Lanzarote schon gerne auf einem Kamel reiten, vielleicht kann ich das ja heute nachholen« sagte Andreas.

»Ich fürchte« antwortete Hilde, »da muss ich dich enttäuschen. Im Park gibt es keine Kamele.«

Sie reichte Andreas eine zusammengefaltete Broschüre des Tierparks, die er aufmerksam durchblätterte. Als er damit fertig war, blickte er aus dem Fenster und stellte fest, dass der Bus bereits auf dem Parkplatz des Tierparks angekommen war. Der Fahrer hielt an und Andreas stieg das erste Mal in diesem Urlaub aus einem Bus aus, ohne während der Fahrt mehrere Stoßgebete zum Himmel geschickt zu haben.

»Irgendwie langweilig so ganz ohne Vollbremsungen oder Unfälle«, bestätigte auch Hilde.

Angeführt von Nadine betrat die kleine Gruppe Kreuzfahrer, zu der neben Andreas und Hilde lediglich neun weitere Urlauber gehörten, den Tierpark. Nadine führte sie vorbei an einem Affenfelsen, wo vor allem Hilde ganz begeistert unter ihrem albernen Strohhut hervor strahlte und ein Foto nach dem anderen schoss, danach durch ein Pinguinhaus und schließlich zu einem Gehege voller Faultiere.

Andreas machte mit seinem Handy von den in den Bäumen hängenden Geschöpfen ein Foto und schickte es Thomas und Philipp mit der Frage, warum sie denn nicht gesagt hätten, dass sie einen Nebenjob im Tierpark angenommen hatten. Eine Antwort auf diese Frechheit bekam er allerdings nicht, was unter anderem daran liegen konnte, dass die beiden auf dem Schiff immer noch um die Wette schnarchten.

Nadine rief die Gruppe zur Eile, damit sie rechtzeitig zur Papageienshow ihre Plätze in dem entsprechenden Theater einnehmen konnten.

Während Andreas, Hilde und die anderen Ausflugsgäste zusahen, wie sich Papageien gegenseitig auf kleinen Fahrrädern jagten, mit einem roten Kreuz auf dem Flügel in ein Miniaturkrankenhaus brachten oder das Publikum mit krächzender Stimme aufforderten, Bier zu trinken, erwachten auf der MS Schwalbe auch Thomas und Philipp aus dem Koma.

Sie standen schwerfällig auf, schleppten sich in den Street-Food-Bereich, wo sie allmählich bei einigen belegten Broten ihre Lebensgeister wiederentdeckten. Nach ihrem doch recht übersichtlichen Frühstück kehrten sie in die Kabine zurück, zogen sich ihre Badeklamotten an und stiefelten hoch zum Sonnendeck.

Da viele Passagiere auf Landgang waren, war es kein Problem, einen freien Liegestuhl zu finden. Sie ließen sich auf zwei freie Exemplare fallen, schlossen noch einmal ihre Augen und öffneten sie erst wieder, als jemand sie fragte, ob die Liegen neben ihnen noch frei seien.

Gefragt hatte Helena, die mit Kim und Viktoria im Schlepptau vor ihnen stand und ihnen die Sonne stahl. Thomas brummte zustimmend, schloss seine Augen wieder und döste erneut weg.

Philipp sah die drei an und stellte fest: »So ganz fit seht ihr aber heute auch nicht aus.«

»Du weißt einfach immer, was die Frauen hören wollen«, erwiderte Viktoria.

»Du siehst natürlich trotzdem wunderschön aus«, ergänzte Philipp. »Nur eben nicht ganz fit.«

»Das wollte ich hören«, sagte seine Freundin zufrieden und gab ihm einen flüchtigen Kuss auf die Wange.

Thomas öffnete erneut die Augen, blinzelte ein wenig gegen die Sonne an und fragte dann: »Wo sind denn die anderen?«

Helena antwortete ihm: »Lena und Marie sind sich streifenfrei sonnen gegangen. Sie wollten die Gelegenheit nutzen, solange Andreas dort nicht wieder sein Unwesen treibt.«

Thomas' Blick flackerte kurz zu dem abgeschirmten Aufstieg zum höchsten Deck des Schiffs hinüber. Helena bemerkte dies und fragte: »Willst du ihm jetzt nacheifern?«

»Nein, Quatsch«, sagte Thomas kleinlaut und leerte sein Glas.

»Und was steht heute noch so an?«, fragte Viktoria in die Runde.

Kim kündigte an, für den Nachmittag einen Ausflug zum Stand-Up-Paddling gebucht zu haben. Die Reaktionen auf ihre Frage, ob jemand mitkommen wolle, fielen eher verhalten aus.

Philipp zwinkerte seiner Freundin zu. Immerhin hatte er ihr tags zuvor aus der Not heraus versprochen, mit ihr ein romantisches Date in der Pianobar zu verbringen.

Da die Mädchen noch gar nicht gefrühstückt hatten und Philipps und Thomas' belegte Brote auch recht schmal ausgefallen waren, gingen die fünf sehr früh zum Mittagessen, wo sie auch Lena und Marie wieder trafen. Lena hatte sich einen leichten Sonnenstich und auch einen Sonnenbrand zugezogen, der Marie zur Folge noch deutlich ausgeprägter war an Stellen, an denen die Sonne für gewöhnlich eher selten schien. Entsprechend unruhig saß Lena auf ihrem Stuhl und verließ die Gruppe auch schnell wieder, um sich in der Bordapotheke ein Linderungsmittel zu besorgen.

Auch Philipp und Viktoria standen alsbald wieder vom Tisch auf, um sich für ihr Date vorzubereiten. Das letzte, was sie hörten, bevor sie das Restaurant verließen, war, wie Marie erklärte, sich Kim beim Stand-Up-Paddling anschließen zu wollen.

Nadine hatte ihre Reisegruppe nach der Papageienshow weiter durch den Park und schließlich zu einer um ein gigantisches Aquarium gebauten Tribüne geführt. Die meisten Plätze waren bereits besetzt, sodass sich die Gruppe in die oberen Ränge setzen musste, die zwar etwas weiter vom Aquarium entfernt, dafür jedoch im Schatten gelegen waren, was sie in der Mittagshitze Teneriffas sehr gerne annahmen.

Kaum dass sie ihre Plätze eingenommen hatten, knackten die Lautsprecher überall auf, neben und vor der Tribüne, eine pompöse Fanfare ertönte und in dem Wasserbecken vor ihnen sorgten drei gigantische Orcas für eine Welle, die über die Glaswand schwappte und den aufkreischenden Zuschauern in den ersten Reihen eine unerwartete Abkühlung bescherte.

Begeistert applaudierte die Menge, als die majestätischen Tiere Kunststücke vollführten und sich mit beeindruckender Beweglichkeit ihren Weg durch das Wasser, aber auch durch die Luft bahnten, denn immer wieder schnellten die Meeressäuger empor und sprangen in die Höhe. Am Ende der knapp zwanzigminütigen Vorstellung gab es stehende Ovationen für die Tiere und ihre Trainer. Auch Nadine, die die Show vermutlich schon mehrere Male als Ausflugsleiterin gesehen hatte, applaudierte höflich, dann führte sie die Gruppe weiter durch den Park, bis sie schließlich wieder an einem Aquarium ankamen.

Dieses war allerdings etwas kleiner als das Becken der Orcas und auch die Tribüne war nicht ganz so voll wie bei der Show zuvor.

»Die Delfinshow ist unser letzter Programmpunkt«, erklärte Nadine. »Danach haben Sie noch zwei Stunden Zeit zur freien Verfügung und anschließend fahren wir wieder zurück zum Schiff.«

Philipp betrachtete sich im Spiegel von Kabine 15038. Er hatte den Anzug vom Vorabend noch einmal angezogen und zusätzlich eine rote Rose ins Knopfloch gesteckt. Andreas hatte ihn auf die Idee gebracht, als er ihm erzählt hatte, dass er das bei dem Geschäftsmann beobachtet hatte, den sie seit ihrer Fahrt vom Flughafen auf Fuerteventura immer mal wieder gesehen hatten. ›Business-Bernd‹ hatten sie ihn getauft.

Ein fröhliches Liedchen pfeifend verließ Philipp die Kabine, schlenderte Flure und Treppen entlang und klopfte schließlich an die Tür mit der Aufschrift ›13415‹. Er musste nicht lange warten, bis Viktoria ihm öffnete.

Auch sie hatte ihr rotes Kleid zusammen mit den goldenen Ohrringen wieder angelegt. Philipp bot ihr seinen Arm an, zitierte aus Goethes Faust und blickte belustigt in Viktorias überraschtes Gesicht.

»Bin weder Fräulein, weder schön. Kann ungeleit zum Treffen gehen«, antwortete Viktoria, hakte sich dann aber doch bei Philipp unter und gemeinsam gingen sie zur Pianobar. Auf dem Weg dorthin fragte Viktoria: »Was hast du denn bitte mit Goethe am Hut?«

»Ich habe neulich mal in eins deiner Bücher reingeblättert und bin über die Stelle gestolpert«, antwortete Philipp. Viktoria lächelte belustigt.

An der Pianobar wurden sie von Kellner Bartel begrüßt, der zwar dieses Mal nicht den Most holte, die beiden dafür jedoch zu einem besonders schön hergerichteten Tisch führte. Neben den urigen Lampen in Wachskerzenoptik, die hier auf allen Tischen standen und schummeriges Licht verbreiteten, war ein Tisch zusätzlich mit einem weißen Tischtuch und darauf liegenden roten Rosenblättern dekoriert. An genau diesem Tisch ließen sich Philipp und Viktoria nieder.

»Wow«, sagte Viktoria, »ich bin echt beeindruckt.«

»Ich hatte da noch was wiedergutzumachen wegen des Wettbewerbs«, redete Philipp sein Arrangement klein. »Und du bist sowieso jede Mühe wert.«

Viktoria beugte sich vor und die beiden küssten sich über den Tisch hinweg.

Thomas betrat den Indoor-Pool-Bereich, ging direkt durch bis an die Bar, wo er sich einen schmackhaften Cocktail bestellte und setzte sich dann mit diesem an einen Tisch, von dem aus der den Hochseilgarten über sich gut beobachten konnte.

Einige Kinder tummelten sich auf den Hindernissen. Zwischen ihnen versuchte auch Helena ihr Glück. Nachdem sie und Thomas als die Letzten am Mittagstisch zurückgeblieben waren, hatten sie sich über das Sportprogramm an Bord des Schiffs ausgetauscht und schließlich überlegt, die Dinge auszuprobieren, die der oder die jeweils andere schon gemacht hatte. Thomas war also anschließend ins Fitnessstudio gegangen, wo er jedoch schon nach kurzer Zeit wieder das Handtuch geworfen hatte, und Helena nahm nun den Kletterpark in Angriff.

Während Philipp und Thomas die Anlage tags zuvor für sich alleine hatten und die Hindernisse nach Lust und Laune überwinden konnten, musste Helena heute immer wieder Wartezeiten in Kauf nehmen. Regelmäßig verdrehte sie die Augen, wenn vor ihr wieder ein Junge von etwa zwölf Jahren vom Hindernis abrutschte und dann mehrere Minuten versuchte, sich wieder am Sicherungsseil hochzuziehen, oder wenn ein kleines Mädchen mitten auf dem zu überwindenden Baumstamm anhielt und nach ihren Eltern rief, damit diese guckten, wie toll ihr Nachwuchs die Aufgabe meisterte.

Thomas an seinem Tisch hingegen schien sehr viel Spaß zu haben. Vor allem dann, wenn Helena sich mal wieder aufregte.

Wenig später wurde sie aus dem Hochseilgarten abgeseilt und entledigte sich ihrer Sicherheitsausrüstung. Helena ging geradewegs an Thomas' Tisch vorbei auf die Theke zu. Sie sagte nur genervt im Vorbeigehen: »Ich brauche Alkohol.«

»Du wirst sicher mal eine tolle Mutter«, antwortete Thomas halblaut. Von seinem Tisch aus beobachtete er, wie Helena an der Bar bestellte, den Kellner ihr Getränk zubereiten und von ihr abstellen ließ, nur um ihm dann zu erklären, dass nicht weniger als die doppelte Menge Alkohol in das Glas gehöre. Der Kellner öffnete den Mund zum Widerspruch, blickte dann aber in ihr Gesicht, schloss den Mund wieder und holte noch einmal die entsprechenden Flaschen hervor.

186

Etwas milder gestimmt ließ sich Helena mit ihrem nun randvollen Glas am Tisch nieder und nippte daran.

»Kinder«, sagte sie genervt.

Andreas hatte alle Tiere gesehen und fotografiert und steuerte nun einen Kiosk an, um sich etwas zu trinken zu besorgen. Auf einer Bank nicht weit entfernt entdeckte er Nadine und setzte sich, nachdem er eine große Flasche Wasser erworben hatte, neben sie.

Es dauerte noch etwa eine halbe Stunde, bis der Bus zum Schiff wieder abfahren sollte. Diese Zeit nutze Andreas für ein letztes längeres Gespräch mit seiner Urlaubsbekanntschaft, bei dem er sich auch bei Nadine für die schöne Zeit bedankte und schon einmal vorsorglich von ihr verabschiedete.

Dann standen sie auf, gingen noch einmal Hand in Hand die letzten Meter bis zum Parkausgang, wo sie einander losließen und in den Bus stiegen als sei nie etwas gewesen.

Philipp und Viktoria hatten die Pianobar wieder verlassen. Im Hinausgehen hatte Philipp Kellner Most noch eine knisternde Banknote in die Hand gedrückt, dann waren er und Viktoria wie verliebte Teenager, die sie letztendlich ja auch waren, die Gänge des Schiffs entlang flaniert, wobei sie kaum ihre Finger voneinander lassen konnten. Vor Kabine 13415 angekommen gaben sie sich einen weiteren langen Kuss. Nebenbei stocherte Viktoria mit ihrer Bordkarte am Türschloss herum bis sich die Klinke herunterdrücken ließ und die beiden ihre Suite betraten. Sie verloren keine Zeit, sondern ließen sich direkt auf Viktorias Bett fallen. Philipps Hand suchte gerade den Weg unter Viktorias Kleid, als die Bettdecke auf der anderen Seite des Doppelbetts zum Leben erwachte. Lenas Kopf tauchte darunter auf und sah die beiden schwer Verliebten neben sich peinlich berührt an. Philipps Hand trat den Rückweg an.

»Lasst euch von mir nicht aufhalten, ich kuriere nur meinen Sonnenstich«, sagte Lena schließlich und warf sich die Bettdecke wieder über den Kopf.

Philipp und Viktoria brachen in prustendes Gelächter aus. An Romantik war jetzt freilich nicht mehr zu denken und so beschlossen sie, nachdem sie sich von dem Schreck wieder erholt hatten, auf Deck neunzehn noch etwas Sonne zu tanken. Sie machten es sich auf zwei Liegestühlen im vorderen Bereich des Schiffs gemütlich, wo wenig später auch Helena und Thomas wieder zu ihnen stießen.

»Wie war euer Date?«, fragte Thomas.

»Wirklich sehr romantisch«, antwortete Viktoria verträumt.

»Bis auf das Ende«, fügte Philipp hinzu. »Und euers?«

Thomas und Helena blickten erst Philipp fragend an und dann schweigend zu Boden. Philipp betrachtete amüsiert sein Werk, dann nahm er ein Buch zur Hand und vertiefte sich in die Lektüre. Helena steckte sich Kopfhörer in die Ohren, um einen Podcast zu hören und Thomas schloss einfach seine Augen, um noch ein bisschen zu dösen. Es dauerte jedoch nicht lange, bis er sie wieder öffnete.

Der Grund war, dass Kim und Marie seine Ruhe störten. Sie waren vom Stand-up-Paddling zurück und wirkten beide etwas feindselig.

»Wie war's?«, fragte Helena und zog den Kopfhörer aus dem Ohr.

»Das Paddeln? Keine Ahnung. Aber wenn du Kim fragst, war der Kursleiter sicher toll«, antwortete Marie mit schmalen Lippen.

»Mein Gott«, sagte Kim und rollte mit den Augen. »Du bist doch nur eifersüchtig, weil er dich nicht beachtet hat.«

»Nein«, antwortet Marie, »ich bin sauer, weil ich für mein Geld lieber gepaddelt wäre, anstatt zuzugucken, wie der Kursleiter seine Arbeit vergisst, nur weil Madame ihm schöne Augen macht.«

Kim setzte zu einer Antwort an. Helena steckte sich die Kopfhörer wieder ins Ohr und drehte die Lautstärke hoch. Philipp legte sein Buch beiseite und flüchtete mit Thomas gemeinsam in den nächstgelegenen Whirlpool. Lediglich Viktoria rührte sich nicht, was ihren geschlossenen Augen nach jedoch wahrscheinlich damit zusammenhing, dass sie eingeschlafen war.

Als die Sonne sich langsam hinter Teneriffa senkte, traute sich auch Lena wieder an Deck. Sie setzte sich zur wieder erwachten Viktoria und Philipp an einen im Schatten gelegenen Tisch der Poolbar unweit der Liegestühle, auf denen Kim und Marie jeweils mit verschränkten Armen, einander den Rücken zugewandt, in der Sonne lagen.

»Sieht irgendwie nach Streit aus«, mutmaßte Lena mit Blick auf die beiden. Viktoria folgte ihrem Blick und erwiderte: »Wenn ich raten müsste, würde ich sagen, Kim hat sich mal wieder abschleppen lassen.«

»Fast«, antwortete Thomas und setzte sich mit nassen Haaren und einem kühlen Bier in der Hand zu ihnen an den Tisch. »Kim hat dieses Mal nur geflirtet. Aber Respekt, du kennst die beiden echt gut.«

»Jahrelange Übung«, antwortete Viktoria schlicht.

Ein Kellner eilte herbei, um ihre Getränkewünsche zu erfüllen. Fast zeitgleich mit ihm erreichte auch Andreas den Tisch und ließ sich auf den letzten noch freien Stuhl fallen.

Der Kellner verschwand wieder und Philipp forderte Andreas auf, von seinem Ausflug zu berichten. Andreas holte direkt sein Handy hervor und fing an, ihnen Bilder von Pflanzen und Tieren zu zeigen. Er war mit seinem Ausflug rundum zufrieden.

In eine Redepause hinein fragte Thomas: »Mal kurz was anderes: Wollen wir so langsam mal unsere Koffer packen gehen? Wir müssen morgen früh raus und heute Abend wollte ich eher die Stimmung auf dem Schiff genießen.«

»Gute Idee, aber für uns alle drei ist die Kabine sowieso zu klein«, antwortete Philipp. »Fang du doch schon mal an.«

Thomas nickte und verließ den Tisch. Andreas erzählte weiter von den Tieren, die er gesehen hatte, und wie toll er die Insel fand.

Nachdem er fertig war und sein Glas geleert hatte, machte er sich ebenfalls auf den Weg zu Kabine 15038, um seine Koffer zu packen. Philipp und Viktoria blieben noch ein Weilchen sitzen, doch schließlich zog auch der letzte der drei Jungs los, um die Abreise am nächsten Morgen vorzubereiten.

Als Philipp sein Hab und Gut soweit im Koffer verstaut hatte, dass er am nächsten Morgen nur noch Klamotten und Hygieneartikel hineinstopfen musste, war es bereits Zeit fürs Abendessen. Die Truppe versammelte sich vor dem mediterranen Restaurant, um ein letztes Mal in diesem Urlaub gemeinsam zu speisen. Kim und Marie schienen ihre Streitigkeiten beigelegt zu haben, denn alle, auch die beiden, hatten viel Spaß zusammen und lachten laut und oft bei ihrem letzten gemeinsamen Abendessen an Bord des Schiffs.

Sie beeilten sich etwas, um mit dem Essen fertig zu sein, bevor das Schiff ablegte. Der Letzte, der seinen Löffel schließlich beiseitelegte und sich die Reste des Nachtischs vom Mund abwischte, war Andreas. Unter den ungeduldigen Blicken der anderen stand er schließlich auf und sagte: »Ist ja gut, von mir aus können wir los.«

Sie fuhren mit dem Fahrstuhl aufs Sonnendeck, wo sich bereits zahlreiche Passagiere versammelt hatten, um das Auslaufen der MS Schwalbe zu beobachten. Teneriffa war der Hauptzustiegshafen der Reederei, sodass sehr viele neue Passagiere an Bord waren, die diese Zeremonie zum ersten Mal miterlebten. Nicht wenige von ihnen zuckten zusammen, als das Schiffshorn sein ohrenbetäubendes Signal in den kanarischen Nachthimmel hinausposaunte. Dann fing der Boden an, sanft zu vibrieren und die Bordbeleuchtung blinkte auf. Aus hunderten, wenn nicht gar tausenden Lautsprechern überall an Bord ertönte die Auslaufmelodie und zu den sanften Klängen von Geigen und Trompeten setzte sich der Ozeanriese wieder in Bewegung.

Viele der neuen Passagiere filmten den Vorgang mit ihren Handys. Die drei Jungs und fünf Mädchen, für die dieses Ritual inzwischen fast schon zur Routine geworden war, lehnten sich entspannt zurück und beobachteten, wie sich die Hafenmauer Meter um Meter von ihnen entfernte.

Als die Melodie schließlich verklungen war, fragte Marie die Jungs: »Und was wollt ihr an eurem letzten Abend noch machen?«

»Ich würde gerne nochmal im Casino mein Glück versuchen«, antwortete Philipp.

Thomas sagte: »Ich würde gerne die Bühnenshow sehen.«

Andreas starrte verträumt auf die hinter dem Heck des Schiffs ganz langsam kleiner werdende Insel und sagte: »Mir ist es egal. Ich möchte einfach nur das Meer und die Wellen genießen.«

Thomas und Philipp warfen ihrem Freund besorgte Blicke zu.

»Geht es dir gut?«, fragte Philipp.

Andreas nickte leicht abwesend.

»Ich glaube«, mutmaßte Thomas, »er weint jetzt schon den verpassten Chancen mit Nadine hinterher.«

Andreas' Mundwinkel zuckte kurz.

Thomas warf einen Blick auf die Uhr und sagte: »In zwanzig Minuten fängt die Show an. Wollen wir uns mal ein paar gute Plätze suchen gehen? Anschließend können wir ja das Casino unsicher machen.«

Mit der Idee waren alle einverstanden und sie verließen das Sonnendeck, auf dem es mit steigender Fahrtgeschwindigkeit des Schiffs zunehmend windiger und kälter wurde.

Die Show auf der großen Bühne des Schiffs, die eingeleitet wurde durch eine Begrüßung der neuen Passagiere, bot wieder einige sehr sehenswerte Tanz- und Akrobatikeinlagen zu einem Musikmix unterschiedlicher Jahrzehnte und Gattungen.

Nach einer kurzen Zugabe verschwanden die Tänzerinnen und Tänzer hinter der Bühne und die kleine Gruppe, angeführt von Andreas, der den Weg am besten kannte, brach auf zum Bordcasino. Sie fanden die Glücksspielautomaten fast verlassen vor, als sie eintraten. Lediglich die Frau mit den kurzen, hellen Haaren saß wieder vor dem Black-Jack-Spiel und drückte energisch auf dem Bildschirm herum.

Die Gruppe scharrte sich um den Roulette-Tisch und nach und nach begannen sie, mit verschiedenen Systemen kleinere Beträge auf die Zahlenfelder zu setzen. Lediglich Helena saß nur dabei und sah den anderen zu.

Nachdem sie etwas mehr als eine halbe Stunde an dem Tisch verbracht hatten und bei allen, sogar bei Helena, die nur zugeschaut hatte, der Puls deutlich in die Höhe gegangen war, sagte Philipp: »Gentlemen, es war mir eine Ehre, heute mit ihnen spielen zu dürfen.«

Er drückte auf ›Gewinn auszahlen‹, nahm die erspielten immerhin siebzehn Euro entgegen und kündete an, müde zu sein und schlafen zu gehen. Andreas und Thomas folgten seinem Beispiel.

Da die Jungs das Schiff bereits sehr früh am nächsten Morgen verlassen mussten und sie alle sich nicht sicher waren, ob sie sich vorher noch einmal sehen würden, endete der Abend in einer umarmungsreichen Verabschiedungsorgie, bei der auch einige Tränen flossen.

Nachdem sie sich alle hoch und heilig versprochen hatten, dass ihr nächstes Wiedersehen nicht wieder so lange auf sich warten lassen sollte, gingen die Jungs schließlich auf ihre Kabine, um ihre Abreise am nächsten Tag nicht zu verschlafen.

Eine gute Idee, denn der erste Wecker klingelte am nächsten Morgen noch vor sechs Uhr. Philipp schaltete ihn im Halbschlaf aus und drehte sich noch einmal im Bett um. Sekunden später war er jedoch endgültig wach, da Thomas beim Versuch, aus dem oberen Bett aufzustehen, seinen Fuß schwungvoll in Philipps Gesicht parkte. Philipps Aufschrei ließ auch Andreas aufschrecken und so konnten sie deutlich früher als geplant ein letztes, sehr üppiges Frühstück an Bord genießen und anschließend mit gepackten Koffern die Gangway hinuntergehen. Direkt vor dem Koloss aus Stahl stehend blickten sie noch einmal ehrfürchtig an dem Monstrum menschlicher Schaffenskraft, das sie die letzten sechs Tage über das Meer getragen hatte, empor.

Plötzlich sagte Andreas: »So viel haben wir doch gestern gar nicht mehr getrunken. Ich habe das Gefühl, ich schwanke noch. «

Philipp antwortete: »Geht mir genauso. Ich glaube eher, die Insel schwankt. «

»Knapp eine Woche auf dem Schiff und wir sind seekrank. Oder eher landkrank«, stellte Thomas fest.

»*See*krank? Ich glaube eher, du bist *see*nil«, konterte Philipp.

»Ich weiß nicht«, erwiderte Thomas, »aber das Wortspiel war *see*nsationell schlecht.«

Andreas schüttelte den Kopf und sagte: »Gut, dass wir uns nach dem Rückflug erst einmal 'ne Weile nicht sehen müssen.«

Noch bevor einer der drei einen weiteren dummen Kommentar abgeben konnte, fuhr Nadine mit einem Wagen vor, in den sie ihre Koffer einluden und sich zum Flughafen chauffieren ließen.

Andreas machte auf seinem Handy die Auslaufmelodie der Reederei an und zu den sanften Klängen beobachteten die Jungs durch die Heckscheibe des Autos, wie das Schiff im Hafen hinter ihnen immer kleiner wurde.

»Und wohin geht eure nächste Reise?«, fragte Nadine am Steuer. Die Jungs grinsten sich vielsagend an. Schließlich sagte Philipp: »Ich hab' da schon so eine Idee. Aber wir werden ein größeres Boot brauchen...«

Mehr von Sebastian H. Tofall:

„**Schauermärchen**" (ISBN: 978-3-749-47200-0) ist eine Sammlung von sieben Kurzgeschichten, die lose auf Grimms Märchen beruhen und sich perfekt zum Vorlesen im Sommer am Lagerfeuer oder im Winter vor dem Kamin eignen.

„**Schamlos**" (ISBN: 978-3-744-83898-6) ist die Vorgeschichte zu „Hemmungslos". Philipp, Thomas und Andreas haben ihr frisch bestandenes Abitur in der Tasche und wollen das mit dem ersten Urlaub ohne Eltern auf Mallorca feiern. Dabei entwickeln Sie die Idee zu einem Mutprobenwettbewerb, dessen Verlierer den Urlaub für alle drei bezahlen muss.

Weitere Texte von Sebastian H. Tofall können Sie außerdem im Podcast **SHT – Irgendwas mit Literatur** hören.

Instagram: @SHTofall
Facebook: @SHTofall